古城飞歌

——一个耐人寻味的文化现象

主　编／若　星
副主编／陈　卓
编　写／国　栋　陈　骊

西安出版社

绪 论

一座美丽的城市,一定要有一首美丽的歌。

无数美丽的心弦,只被意蕴深厚隽永的旋律所触动。

公元2011年4月28日上午10时许,西安世界园艺博览会盛大开园。

长安塔巍峨恢弘,倒映在如镜的锦绣湖中,溢彩流光,美轮美奂。广运桥气势磅礴,张开双臂,一任欢腾的灞水亲吻撒欢。长安铺纸,百花为颜,铺天盖地,香飘古城。杨柳吐烟,榴花含苞,霓裳羽衣,曼舞轻歌,激越悠扬。

古老又年轻,厚重又时尚的十三朝古都西安,向全世界发出了盛大邀请。这是840万古城市民的骄傲,这是3700万三秦儿女的自豪;这是西安迈向现代化进程中的成人礼,更是西安跨向国际化大都市的奠基礼!

在长安这座当年的世界中心留下了慈恩寺塔,成就了李白、杜甫、白居易的大唐帝国,同样在广运潭谱写过绚烂的华

古城飞歌
—— 一个耐人寻味的文化现象

章。

"柳浪花月霸陵原,花开岸树莺声脆","东风偷软入纤条,万紫金丝著地娇"……

古往今来,多少诗词歌赋,浩如烟海,唱给了灞河、灞岸、灞柳、霸陵。千年之前,就在这潭碧水之上,唐玄宗不仅多次检阅漕运船队,还举办了一次全国性的水运博览和商品交易会,中外来宾和长安百姓纷至沓来,观者人山人海。这场盛会,物类万千,商贾云集,规模盛大,开世界博览会之先河。

"天人长安·创意自然——城市与自然和谐共生"为主旨的2011年西安世界园艺博览会的举办,让这座千年古都得到了一次飞跃、一次升华。

从决定,到开园,4个寒来暑往,4个春华秋实,原本荒凉的浐灞沙滩上,成为绿的海洋,水的世界,花的天堂。由张锦秋、伊娃等中外大师设计建造的长安塔、广运桥、创意馆、自然馆、丝绸之路、出水蛟龙……一座座艺术精品,或承继中有创新,或厚重中显时尚,或睿智中含科技,中西文化在这里珠联璧合,相映生辉,强烈地震撼着每一位观众的心灵,真正达到了文化艺术里的最高境界——殊途同归,也必将给后世留下一笔笔宝贵的文化遗产。

一个绿色的,时尚的,生态的,崭新的,宜居宜创业的新西安惊艳在中国的西部。

长安塔下,千注喷泉变化,直冲云端;锦绣湖上,道道彩虹绮丽,氤氲湖面;整个园区,亭台楼阁,花海绿浪,色彩流韵,亦真亦幻。

古都斑斓锦绣,天上人间西安!

躬逢盛世,欣遇盛事,共襄盛举。从北京奥运,到上海世博,从广州亚运,再到西安世园这一西北地区规格最高,规模最大的盛会,这是改革开放后的盛世中国之必然,也是千年的梦想,千年的等待,千年的轮回。

为了这一辉煌盛会的举办,840万西安市民总动员,吹响了集结号,1300多天来,"人人都是东道主,各行各业迎世园"不仅是人们的口头禅,而且身体力行。

为了这一辉煌盛会的举办,全体世园人按照省市"传播先进的绿色生活理念,推广一个绿色的、时尚的、美丽的、朝气蓬勃的城市新形象"的要求,用汗水、心血、拼搏、创造、奉献谱写诠释着世园精神。在这些群体的身后,几多感人事迹,可歌可泣,绘就锦绣风光,可圈可点。

画自手中生,人在歌中醉。西安世园绝不仅仅只是欣赏园艺花卉的盛会,更是一幅色彩斑斓的巨幅长卷,一场立体的、多层次的视听盛宴。清风、香花、水雾,沁人心脾的气氛萦绕着美景;人潮、花海、绿浪,美丽的长安被世园会点缀得万般光华;欢歌、笑语、掌声,祝福的祥云飘荡在长安的上空。

这样的盛宴,定有一首美丽的歌,一首流淌着长安城万般旖旎风情与厚重历史文化的歌;一首扣动了来到这座美丽城

古城飞歌
—— 一个耐人寻味的文化现象

市的无数美丽的心弦的歌。

灞河弯弯，穿越了王维的辋川，淌过了韩愈的蓝关，一流就是千万年，流到了今天的广运潭。"春城飞花，踏歌青堤"，一曲《祓禊谣》，犹如天籁，古意盎然，令人遥想周秦，令人梦回汉唐。"一城文化，半城神仙"，《送你一个长安》似美酒一坛，酣畅淋漓，荡气回肠，也微醺了广运潭水，千般娇柔，百般妩媚。

世园会主题曲《送你一个长安》，由薛保勤作词，甘霖作曲，韩磊、汤灿演唱，一经发布，便在长安的街头巷尾广为流传。一时间，那仿若关中大平原上麦浪般馨香的旋律，经千万遍的哼唱，挥洒在西安的大街小巷，为世园会倾诉了天人长安的文化脉搏。歌声中大地的黄色与自然的绿色交织出的和谐意蕴，为世园会传达了创意自然的主题理念。余音中深沉久远的历史回味，为一个古老的城市延续了历史文化的传承。

"蓝田先祖，半坡炊烟"，奔腾不息的浐河灞水知道，从森林中走出的人类，对绿有着天然的亲近，因而"绿色引领时尚"的理念才会激起世人如此强烈的共鸣，当西安世园会的使者走进首都北京、蓉城成都、山西太原、河南郑州、金城兰州、宝岛台湾……时，所到之处，均是和声赞声一片，世园会园区里，来自全国各大城市和世界各地的场馆，也让我们深切地感受到了这一点。

这是代表了一个城市文化气质的歌曲,这是传递了一个民族文化精髓的旋律。《送你一个长安》构成了一个独特的文化现象,引发了无数文化研究学者浓厚的兴趣。就让我们姑且一试,看看能不能走进《送你一个长安》的世界,细细品味这个文化现象的核心。

岁月历历,歌声熠熠。不用说也不用想,慢慢听,慢慢品,那份悠远、那份深沉,那份与这片土地的相知相爱,相敬相依,那份真诚与温暖,宽广的开放与包容,就会静静地触动你的听觉、你的视觉、你的嗅觉,流进你的心里。

一首动人的歌曲,一定是在地而悠远的。古都的土地沉淀着千年的文化元素,身居西安的词人诗人,心中通灵宝玉般的灵秀之气,接受着这地气的滋养,蕴育了千年的才气、灵气与文气,《送你一个长安》应运而生,自然感染力强,不生涩,不陌生。

一首动人的歌曲,一定是宽广而包容的。《送你一个长安》从历史的大视角入手,还原了长安从古至今的发展轨迹和生命品格之中的要素,让人们感受到巨幅的历史风情画卷和当代文明前进的滚滚洪流。诗人的思想以笔触驾驭着这一宽广而包容的巨轴,带着我们乘风破浪,开阔了眼界与胸怀。

一首动人的歌曲,一定是多维而立体的。《送你一个长安》词句雄浑,且合辙押韵,不但抓住了人们的听觉,也揭开了极富画面感的历史长卷,词句中泥土和自然的芳香更抓住了人

古城飞歌
—— 一个耐人寻味的文化现象

们的嗅觉,带给了人们多维的立体欣赏感受。

一首动人的歌曲,一定是直面心灵深处的。《送你一个长安》衔接了万千的生活故事,使艺术的感染力和真实的人情味相结合。诗人将真挚的情感融入其中,让诗人与受众在歌曲中完成了心灵的对话,直面每个国人心灵深处的文化触点。

陕西正努力向文化强省迈进,《送你一个长安》是顺应了时代发展方向,顺应了社会大众对文化的感知和需求的优秀文化产品。对《送你一个长安》所兴起的文化现象的深入研究,对了解和把握陕西人民的文化气质、文化品味,对研究和制定切合省情的文化发展策略,都有着重大的意义。

莽莽秦岭,巍巍终南,孕育出了浐灞,蜿蜒逶迤,流至长安塔下,昂然掉头,且歌且行,带着周的厚重,带着秦的刚毅,带着汉的雄浑,带着唐的大气……带着三秦大地的豪迈,带着中华民族对明天美好的希冀,更带着2011年西安世园会"绿色引领时尚"的声音,一泻千里,奔入蔚蓝色的大海。

目 录

绪 论· 1
送你一个长安(诗歌)
送你一个长安(歌词)
送你一个长安(歌曲)

为有源头活水来

· 《送你一个长安》
诗作与世园会主题歌词产生背景 · 3

——作为一个西安人,我为西安灿烂的历史文化骄傲,我们也有责任弘扬西安人那种奋发进取、不屈不挠的精神。

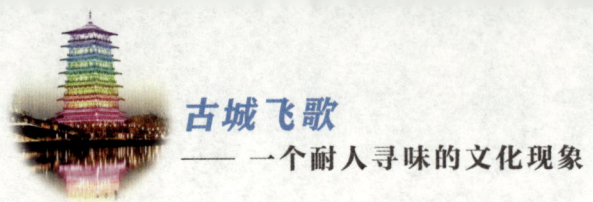

古城飞歌
—— 一个耐人寻味的文化现象

- 《送你一个长安》
  表现形式绚丽多彩·　　　　　　　13

　　——陕西这块土地，蕴藏了几千年社会和文化发展的灵韵，以独特的文化张力光耀于世。非以独到的表现形式，不能书写得饱满、淋漓、到位。

- 《送你一个长安》的基本内涵
  及其表达的人文精神·　　　　　　17

　　——世界不能没有西安，西安更要为世界增色。西安是华夏文明的发祥地，是世界历史文化名城，是中华文化这棵参天大树的主干和树根，是人文精神最高的生命追求。

- 《送你一个长安》的文化现象
  及其特征与传承创新·　　　　　　24

　　——长安建都十三朝，历史悠久，有深厚的文化积淀，风俗文化绚丽鲜明，形成了这极具特色的区域文化性格。

　　《送你一个长安》，回望历史，却未拘泥于过去，而是以当代横跨五千年的大眼光扫视历史。

　　《送你一个长安》描写现在，却非单独就事论事,而是以史官的笔触、历史的笔法记录着正在发生的历史。

《送你一个长安》文化性格与文化品质的传承创新,在于社会的担当和人性的担当,在于文学作品接地气的担当。

化作春泥更护花

·《送你一个长安》在业内得到赞美性推崇· 35

——《送你一个长安》一经传唱,不仅在诗歌创作界引起轰动,更在文化界、艺术界,作家、剧作家、音乐家、评论家中引起了强烈的共鸣。众多文化名人看到"一城文化半城神仙"时,连呼绝妙,陕西广播电台更将此句作为"诗香一瓣"栏目的片头。

·《送你一个长安》在各级学校的广泛传播· 44

——世园会期间,由大学生组成的志愿者队伍,为世园会带来了祥和的、欢快的绿色景致,为世园会的圆满举办增添了光彩。志愿者文化与《送你一个长安》的内在文化十分契合。志愿者们以贡献一己

古城飞歌
—— 一个耐人寻味的文化现象

之力服务世园，为的就是向世界展现西安的风采，西安人民的精神风貌，让世界了解西安。这种精神不就是"送你一个长安"的精神吗？开放包容的新长安精神，与大学生志愿者清新欢快的形象，留在了许多参观者的心中；世园会主题曲《送你一个长安》的优美旋律，也这样留在了许多心怀美好的志愿者心中。

- **《送你一个长安》**
  在百姓民间生活中的传唱 ·   **52**

——从编汇成集到谱写成曲，从民间流传到唱响世园，《送你一个长安》从小众流传到了大众，从长安城唱遍了全国，成了长安城里人人爱唱，中华大地人人爱听的一首好诗、一曲好歌。

- **《送你一个长安》**
  在媒体中被广泛关注与追捧 ·   **59**

——在《送你一个长安》的诗作初在文坛形成热潮时，就引起了一些文化视觉敏锐的专业媒体的关注。多家报社曾以多篇报道密集关注《送你一个长安》的同名诗集，与读者分享了其中的不少好诗。后来更是对这一文坛盛举进行了持续而立体的关注，不但新闻不断，更辅以不少深度鉴赏的散文，与读者共同分享、品鉴。

· 《送你一个长安》
新长安风释解并对话薛保勤 ·　　72

——西安世园会系列歌曲一经推出，即受到广大群众的喜爱，并被业内亲切地称为"世园风"，更有人以"新长安风"冠之。此现象为近年来我国乐坛所罕见。

晴风雨气山光秀

· 《送你一个长安》
绿色自然理念之契合 ·　　87

——如果带着寻找颜色的目光读《送你一个长安》的诗词版，诗人妙用语句的丹青点染，一幅幅画卷在面前层层展开，有泥土的黄色也有烽烟的血色，有残照的赤橙也有锦绣的青紫，有皇家耀眼的明黄也有兵刃凛冽的冷蓝。所用颜色全面而不繁冗，拙朴不工，其间独独未提绿色，却满篇尽是绿色。

绿色，是代表自然的颜色，代表和谐的颜色，

古城飞歌
—— 一个耐人寻味的文化现象

代表圆融自洽、代表绿叶般勤恳奉献的颜色。《送你一个长安》要送的正是一个绿色的长安，一个"一城文化，半城神仙"的长安，一个勤劳奋进的长安。诗词意象中的五彩，在诗人与读者眼中，调和为一抹和谐自然的绿色。

- 《送你一个长安》
  之昭示传统与对当代文化的影响力 ·   **107**

　　——《送你一个长安》一经问世，就立即在民间生活中被广泛地传唱，在三秦这块沃土上形成了极强的文化影响力。这一现象，在历史文化的传承与先进文化的传播方面，堪称极为成功的典范，有着宝贵的借鉴意义，非常值得深入研究。

- 《送你一个长安》
  与陕西人精神 ·   **113**

　　——"爱国守信、勤劳质朴、宽厚包容、尚德重礼、务实进取"的陕西人精神，一直推动着陕西的城市建设和新农村建设，并提升了陕西人的文化品位和文明品质。《送你一个长安》里的陕西人精神，就显得尤为真实可贵了。

· 《送你一个长安》
的社会价值取向 ·　　　　　　　**122**

——《送你一个长安》在陕西乃至全国社会的各个层面,都赢得了广泛的传唱和普遍认可,取决于诗歌切合人民大众的审美取向和中国文化艺术工作者贴近社会的优点,以及符合先进的社会价值观。

· 《送你一个长安》
之时代品质和文明坐标的双重意义 ·　　**132**

——《送你一个长安》之所以被学者与市民、专家与大众一致奉为经典,被选为西安世园会的主题歌,很大程度上是因为它代表了我们这个时代的文化高度。这高度是艺术的、自我的,更是具有时代品质的。

后　记　　　　　　　　　　　　　　　　**140**

参　考

· 《送你一个长安》英文版 ·　　　　　　**144**

送你一个长安（诗歌）

薛保勤

送你一个长安
蓝田先祖　半坡炊烟
幽王烽火　天高云淡
沿一路厚重走向久远

送你一个长安
恢恢兵马　啸啸长鞭
秦扫六合　汉度关山
剪一叶风云将曾经还原

送你一个长安
李白杜甫　司马长卷
华夏锦绣　天上人间
采些许诗意观照今天

送你一个长安
美女江山　瘦燕肥环
灞柳长歌　恨海情天
摘一缕情丝告诫明天

送你一个长安
西风残照　皇家陵园
唐风汉韵　辉煌惨淡
留一份清醒审视昨天

送你一个长安
一城文化　半城神仙
长箭揽月　飞豹猎犬
借今古雄风直上九天

送你一个长安
回首沧桑　一望千年
体味大唐　珍重长安
再加一份祝福还有祥云一片

（原刊载于《人民日报》
2009年10月8日）

送你一个长安（歌词）

薛保勤

送你一个长安，蓝田先祖，半坡炊烟，凤鸣岐山，白鹿驰原，沿一路厚重走向久远；

送你一个长安，恢恢兵马，啸啸长鞭，秦扫六合，汉度关山，剪一叶风云将曾经还原；

送你一个长安，李白杜甫，司马长卷，唐风汉韵，锦绣斑斓，采些许诗意观照明天；

送你一个长安，西风残照，皇家陵园，盛衰兴亡，辉煌惨淡，留一份清醒审视昨天；

送你一个长安，秦岭昂首，泾渭波澜，灞柳长歌，曲江情缘，掬一城山水绿了人间；

送你一个长安，一城文化，半城神仙，古都花开，春满家园，绘一片蓝天还有祥云一片。

送你一个长安，一城文化，半城神仙，古都花开，春满家园，绘一片蓝天还有祥云一片，还有祥云祥云一片。

2011 西安世界园艺博览会主题歌

送你一个长安（歌曲）

薛保勤 词
甘霖 曲
韩磊 演唱

1=Eb 4/4 ♩=76

6 23 63 #42 | 3 - - - | 23 26 13 2 | 5 6 75 3 - |
1. 送你 一个长 安， 蓝田先祖 半坡炊烟，
2. 送你 一个长 安， 恢恢兵马 啸啸长鞭，
4. 送你 一个长 安， 秦岭昂首 泾渭波澜，

37 6 67 3 | 5 6 #43 2 - | 1 1 2 3 6 | 5·3 23 1 7 |
骊山烽火 天高云淡，沿一路厚重 走向久
秦扫六合 汉度关山，剪一叶风云 将
灞柳长歌 曲江情缘，掬一城山水

6 - - - ‖ 5·3 56 17 | 6 - - ‖ 6 56 12 57 | 6 - - - |
远。 曾经还 原。 3.送你 一个长 安，
洒向人 间。 5.送你 一个长 安，

3 6 1 7 6 2 6 #4 | 3 - - - | 36 30 67 50 | 3 #4 32 1 - |
李白杜甫司马长 卷， 唐风汉韵 锦绣斑斓，
一城文化半城神 仙， 古都花开 春满家园，

7 35 23 1 | 5 53 23 #42 | 3 - - ‖ 2 2 31 37 | 6 - - - |
采些许诗意 观照明 天。 D.C.
绘一幅蓝天还有祥云 一 片。 还有祥云一 片。

结束句
1 1 2 3 | 5 - - 12 | 3 - - - | 2·3 1 76 | 6 - - - | 6 - - - |
还有 祥云 祥云 一 片。

为有源头活水来

感悟陕西文化,感悟长安精神,感悟人民品质。《送你一个长安》诗作的问世,承载了陕西文化的根脉,清泉滋润、繁花正茂。
一座美丽的城市,一首美丽的歌谣。

《送你一个长安》
诗作与世园会主题歌词产生背景

> 作为一个西安人，我为西安灿烂的历史文化骄傲，我们也有责任弘扬西安人那种奋发进取、不屈不挠的精神。

感悟于陕西文化、长安精神之美，专为西安写一首诗，是薛保勤早就有了的想法。

几年间，他利用业余时间创作了 103 首诗作，既有自由体诗，也有五言、七言诗。在他的笔下，兵马俑、壶口、曲江、汤峪、潏河、牛背梁……这些历史文化遗迹和自然人文胜地皆入诗入眼，或咏叹人文，或思接千载，或沿波讨源，或自然传神，涉及西安及陕西的诗作有 20 余首，让陕西的读者顿感亲近。

2011 年，诗作刊行成册，成为了薛保勤给西安、给世园会送出的一份精神礼物。

作为陕西省新闻出版局局长的薛保勤，每天都有大量的公务性工作要做，写诗完全是利用业余时间"拼凑"起来的。

在薛保勤看来，"作为一个西安人，我为西安灿烂的历史文化骄傲，我们也有责任弘扬西安人那种奋发进取、不屈不挠的精神。"

古城飞歌
—— 一个耐人寻味的文化现象

　　正是凭借这样的精神，薛保勤在工作之余一直坚持文学创作，发表了大量的作品，而诗歌更成为了他陶冶性情抒写胸臆的一种文学选择。

　　通观薛保勤的诗作，不难发现，他在创作中融入了丰厚的文化底蕴和浓郁的情感表达，使诗作深邃、厚重，又清丽脱俗，充满时代感。

　　《送你一个长安》就是这些诗篇中的典型代表。作为抒写西安城的佳作，最为难得的是诗中对这座古老城市历史文化精神的浓缩和概括。"一城文化，半城神仙"的表述，更是一举抓住了长安文化的"魂魄"。

　　著名中国古典文学学者康震教授说："我们都爱长安，总有一种想为她做点儿什么的冲动，薛保勤先生将这冲动具体化了，从此长安在我们的心里。"

为有源头活水来

薛保勤

古城飞歌
—— 一个耐人寻味的文化现象

这首发自灵魂深处的美丽吟唱,萌芽于2009年的四五月间,薛保勤翻看《人民日报》副刊时,发现一首短诗叫《给我一个江南》,诗写得婉约、空灵、柔美,因为喜欢,当时就把它剪贴下来,反复诵读。

斯时,薛保勤灵机一闪:"给我"似乎不够大气;"送你一个长安!"

多年来积蓄的深厚感情成就了薛保勤的创作冲动和创作热情,而手机则成了他的书写工具。

工作之余,会议间隙,机场候机,都是他随时记录感悟和进行创作的时间。"我无意做诗人,也没有专门的时间从事创作。但心有所思、不吐不快,那段时间,我总是出差。在出差途中、会议间隙,见缝插针,随时有灵感就用手机记录,断断续续写了五六天,字斟句酌有一两个月!"

选用"长安",是因为长安是中国一个独具魅力的经典。

我们的长安是有资格、有价值"送给"世界的。而且这个"送"是一种向世界的展示,是一种大气,有一种豪气,也是一种我们西安人、我们陕西人的自信。

这种经典也可以说是两张神采飞扬的文化"名片"。首先她是中国著名的历史文化名片;其次她是中国重要的、现代的教育科技文化名片。

说它是历史文化名片,大家都知道周秦汉唐、十三朝古都,在中国历史上有多少影响中国的威武雄壮的大剧在这里上

演,许多人们耳熟能详的风云人物和历史事件也成长、发生在这里。这种经典意义在中国有着它的唯一性、有着它的不可替代性、有着它的制高性。

另外,现代科学技术这张名片,指西安当今的发展日新月异、突飞猛进,绿色西安、人文西安有目共睹,尤其是教育科技事业在全国特色鲜明、独树一帜。现在,西安在中国的影响力和在世界的知名度进一步提升。它有着厚重的历史、强劲的活力。

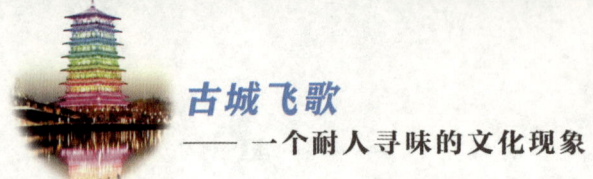

古城飞歌
—— 一个耐人寻味的文化现象

我们陕西人古道热肠，好客，给远道而来的客人们、给世界送一个长安这样的经典，再恰当不过了。

《送你一个长安》成篇之后，在2009年陕西省纪念新中国成立60周年的文艺晚会上，陕西省著名播音与朗诵艺术家海茵和包志坚朗诵了这首诗，一时观众为之轰动，成就了极佳的剧场效果。《人民日报》随即刊登了《送你一个长安》，这首佳作也就正式走入了西安市民的生活。

《送你一个长安》于《人民日报》刊出后，在文化气息浓厚的古城西安迅速传播、流行开来，一度长安为之纸贵，人们争相传诵。

西安的文艺演出、广播电台反复朗诵与播出这首诗。

薛保勤先生用他的爱与美，为国人展示了一个厚重的西安、一个灵动的西安、一个进取的西安、一个自信的西安，一个充满生机的西安、一个有着浓浓的人文情怀的西安，一个创造着现代文明的西安。

在西安民间的婚礼、庆典乃至酒席上，人们习惯于读诗助兴，这首意蕴美好又深得西安人民喜爱的佳作，自然成为了咏诵的首选。有许多次，诗人收到短信，说在朋友孩子的结婚典礼上，有人正在朗诵《送你一个长安》。

诗作传诵开以后，也引发了许多的讨论。有一次诗人参加评奖会的休息期间，拿手机给大家念了《送你一个长安》，当时有位留学海外多年的学者朋友说，"一城文化，半城神仙"不妥。这位学者说,我们是唯物主义者,不能这么用。

《送你一个长安》的曲作者甘霖先生非常喜欢这首诗。甘霖是贵州人,毕业于上海音乐学院,现居北京,专业作曲家。因为一直在为西安世界园艺博览会创作主题歌的缘故,甘霖成了半个西安人。

甘霖

2011年3月初,就在甘霖正在为寻找主题歌的歌词一筹莫展之时,一个偶然的机会,他读到了诗作《送你一个长安》!顿觉醍醐灌顶,酣畅淋漓,他觉得找到了自己一直在寻寻觅觅的那种感觉!

就这么天意使然,这首诗歌被选中了。后来甘霖说,一下子吸引住他的正是"一城文化,半城神仙"那句。

在甘霖的眼里,西安的确是个"一城文化、半城神仙"的宝地。

"我对这里感情深厚,对世园会里的每个园区都非常熟悉。一次,我偶然在网上看到《送你一个长安》这首诗后,立即

古城飞歌
——一个耐人寻味的文化现象

被深深地震撼了。"

甘霖认为,这首诗深入浅出,不仅体现着古都西安的风韵,更注重用现代人的眼光去关注历史,审视历史,展现出陕西人的胸怀和气度,极具创意。"好的词很容易产生好的旋律,我主动跟世园会组委会联系,他们的想法与我不谋而合,于是我立即投入到创作中去。"

2011年3月初,甘霖连续熬了四个通宵,为《送你一个长安》谱上了曲子。歌词要把诗变成词,要围绕世园会的主题作一些段落和个别语言的调整。甘霖先生是一位非常敬业、认真的艺术家,在歌词的修订过程中他做了四稿,有着"一根筋"式的执著,经常半夜凌晨与薛保勤发短信谈感想,争论、推敲每一个字、词的使用。

原诗"蓝田先祖、半坡炊烟,幽王烽火、天高云淡",其中的"幽王烽火",韩磊演唱的版本起初改成了"凤鸣岐山,白鹿驰原",最终定稿为"骊山烽火、天高云淡"。

　　这其中有不同意见。"骊山烽火"的承载更好一点,幽王烽火容易让人们想到周幽王烽火戏诸侯的故事;但改成"凤鸣岐山",岐山又不在长安。经反复研究,最终才定为"骊山烽火,天高云淡"。"骊山烽火"一直从周朝延续下来,所承载的内涵更丰富、更厚重。"天高云淡"给人们留下了一个辽远的想象空间。

　　这样的一些故事,在诗中的一些字句调整为歌词的过程中,都有出现。再如"西风残照,皇家陵园",在歌词版本中,这一段被删去了。创作者认为,作为诗来说,它是可以的,因为在回望历史的过程中,不仅仅是辉煌,也还有惨淡;历史从来都是由辉煌和惨淡构成的,只不过我们更多地习惯于回望它的辉煌。但是作为歌词来说,这段最好被拿掉。

古城飞歌
—— 一个耐人寻味的文化现象

12

《送你一个长安》
表现形式绚丽多彩

> 陕西这块土地,蕴藏了几千年社会和文化发展的灵韵,以独特的文化张力光耀于世。非以独到的表现形式,不能书写得饱满、淋漓、到位。

陕西这块土地,蕴藏了几千年社会和文化发展的灵韵,以独特的文化张力光耀于世。非以独到的表现形式,不能书写得饱满、淋漓、到位。

《送你一个长安》,开篇一个"送"字,向世人展示了古都西安的大气恢宏。如果说"一城文化、半城神仙"是诗眼的话,"送"字则当为"诗领"。一个"送"字,提纲挈领,将全诗的气魄带领到了一个一览众山小的高度;一个"送"字,挥斥方遒,将全诗的精魂,引领到了一个放眼四海的广度。

古城飞歌
—— 一个耐人寻味的文化现象

在《送你一个长安》的创作体系中，一条历史文化的经络赋予了整个诗作以生命的活力。诗人沿着这条经络逐级发散开去，又浑然一体，最终形成了生命的脉动、生命的质感，整首诗就活了起来。

歌词共为六段，每段都以"送你一个长安"为引子，承接在长安所发生过的抑或正在发生的文化史诗，形成了古都西安波澜壮阔而洋溢着生命气息的文化图卷。

在《送你一个长安》的表达语境中，一条和谐自然的格律赋予了整个诗作以韵律的美感。骈文式的一段诗体，绝不晦涩而又给人以品味的余地，可谓意韵悠长。

其间，以"蓝田先祖，半坡炊烟"的起契，交待了历史背景和文化的久远；

以"秦扫六合，汉度关山"的承接，交待了历史进程的艰难；

以"李白杜甫，唐风汉韵"的伸展，交待了文明的传承；

以"皇家陵园，辉煌惨淡"的沉思，交待了历史的变幻无常；

以"灞柳长歌，曲江情缘"的传唱，交待了文明发展对文化的影响；

以"一城文化，半城神仙"的意蕴，交待了古都文化的社会地位与影响。

四字一句，排比而递进的词作内容，使得节奏感鲜明，顺畅自然。

在《送你一个长安》的象征体系中，一个个立意高远的象征赋予了整个诗作以回味的悠远。

象征手法在诗作中的运用,让《送你一个长安》传达了更为宽广的意境。尤其是动静结合手法的运用,使整首歌于典雅中又显灵动精巧,浪漫多姿。例如"剪一叶风云将曾经还原"这一句,恢恢兵马,啸啸长鞭的古代征战,秦扫六合,汉度关山的战略风云,经一个"剪"字,仿佛定格于一张恢弘的历史风云变革的巨幅画卷。

还有"采""掬""绘"等等,仿佛是一支支神奇的画笔,寥寥几笔勾勒,便使那些沉默的历史、人物和景致有了言语、姿态和色彩,既增加了作品的情韵和灵趣,又拓展了作品的意境,历史的与现实的长安在歌中获得浪漫交错与重现,令人遐想无限。

在《送你一个长安》的人文思辨中,诗人古今映照的思想赋予了整个诗作以历史的大智慧。例如诗作中"采些许诗意,观照明天"和"留一份清醒,审视昨天",用历史与今天、未来相互映衬,相互观望,矛盾而对立统一,一语道出了秦岭大地一如华夏民族五千年的脊梁,文化传承始终不绝如缕。汉唐文化一脉相承,在当今与未来仍然体现着丰富的现实意义与价值。

在《送你一个长安》的深层意境中,诗人的自我融入赋予了整个诗作以扣动心弦的浓情实感。诗人将他与这片土地的相知相爱、相敬相依融入字里行间。作品中"送你一个长安"的回

古城飞歌
——一个耐人寻味的文化现象

环反复,辗转勘磨,让我们真真切切地感受到了诗人对古城的一片片深情和浓浓的人文情怀,与热情、自信、开放、包容、向上的民族精神的水乳交融。寥寥数字,即巧妙地带给了我们艺术美感与真实的感动。富有节奏感的意境,还原了传奇色彩的长安盛世,由远及近地追寻,传递了对历史、对文化、对生命、对民族精神的敬畏与浩叹。诗人为读者描绘了先祖猿人的生息之道,描绘了丝绸之路的开拓探索,描绘了人物群像的潇洒之举,描绘了自然灵秀的绿色之美,描绘了生态林园的卓然之韵。

　　长安的古韵、西安的新风,历史感与时尚美的有机结合,是《送你一个长安》在表现形式上的一种极具特色的话语类型。其中字词的精雕细琢,段落之间的韵美和谐,表达语境的连贯衔接,象征体系的巧妙运用,人文思辨的智慧张力,共同与作者的一颗赤子之心融入诗作的深层意境当中。

　　应当说,这是作者对当代文学、对历史文化的一次杰出贡献,对未来的三秦诗歌创作必将产生深远的影响。

《送你一个长安》
的基本内涵及其表达的人文精神

> 世界不能没有西安,西安更要为世界增色。西安是华夏文明的发祥地,是世界历史文化名城,是中华文化这棵参天大树的主干和树根,是人文精神最高的生命追求。

要看懂一个人的内心,首先要透过他的眼睛。我们要读懂一首诗的内涵,同样要研究这首诗的眼睛。《送你一个长安》的"诗眼",是"一城文化,半城神仙"一句,而提纲挈领的"诗领",则非每段开篇的一个"送"字莫属。

一个"送"字,包含了诸多意思,一层层递进回转,又把"送"的意思扩张,把"送"的意思反复咀嚼,细细品来,竟是那么的迷人。

一个"送"字,包含了诗人在诗作中赋予的感情以及使命感责任感。

世界不能没有西安,西安更要为世界增色。西安是华夏文明的发祥地,是世界历史文化名城,是中华文化这棵参天大树的主干和树根。

一个在世界范围内有影响力的西安曾经屹立在东方,在

古城飞歌
——一个耐人寻味的文化现象

唐代,西安人口过百万,有十多万外国人。西安有悠久的历史,但是不沉湎于过去;西安曾经创造了辉煌、但是不沉醉于辉煌、还要再创造辉煌。

诗作中的一个"送"字,体现了西安的包容与开放、进取与生动,正是对西安延续在世界范围影响力的肯定与期盼。

一个"送"字,包含了诗人发自内心地为西安近些年的发展骄傲。

西安地处亚欧大陆桥中心,处于承东启西、连接南北的战略要地。西安是中国西部重要的制造业和高新技术产业基地,产业发展为国际化大都市建设提供了国际竞争力。截至目前,世界500强企业在西安设立123家企业或办事机构,西安与182个国家和地区建立了直接贸易往来。韩国总领事馆、泰国驻西安领事办公室相继设立,西安国际友好城市达到20个。

　　知名文化学者肖云儒说："西安国际化大都市的建设,需要一个隆重的起跑仪式,世园会正是这样一个仪式。"在这样一个伟大的历史时刻,诗人以一个满怀豪情的"送"字,展现了三秦儿女的胸襟与气魄,和对自己家乡的自豪。

　　一个"送"字,包含了诗人对西安走进世界的自信。

　　要让世界全方位地了解西安,让西安走进世界,将是西安进一步腾飞、建立一个国际化大都市的历史必然。毫无疑问,这期间将会遇到无数的困难与险阻,自信心是走出去战略中最为宝贵的品格。从作品的内容中体现出的个性,是能窥视出作者的思想境界的。作者薛保勤的身上,既流淌着陕北人那种善良勤奋坚韧不拔的战斗力,也流淌着西安这座古城文化与文明的信息冲击力,两者碰撞出的是激情的火花,是自信的火

古城飞歌
——一个耐人寻味的文化现象

花,是作者对长安文化的未来发展的诠释。

古老的文明,来源于"蓝田先祖"和"半坡炊烟","凤鸣岐山"的周朝先兆,"白鹿驰原"的江山纷争。在诗人笔下,"恢恢兵马,啸啸长鞭",看似轻描淡写,实则让人们感受到了战争的残酷与无情,"恢恢、啸啸"叠词之用,点出了古代战争的萧瑟与凛冽。

诗仙李白和诗圣杜甫推动了唐诗的发展与繁荣,他们留下的千古诗篇令后世敬仰。

"司马长卷"不但点明了伟大的史诗作品《史记》的辉煌于世,更有人们对司马迁的感叹与尊崇。

一些诗情画意,一些才子佳人,一些传奇故事,生活在"唐风汉韵"的盛世里。穿梭于历史的昨天和明天,诗人有对社会发展的思考,更有对历史轨迹的剖析。以典喻情,娓娓道来,可谓绝妙。

接下来用"留一份清醒审视昨

古城飞歌
—— 一个耐人寻味的文化现象

天"的前奏曲,冷静地对"西风残照,皇家陵园,盛衰兴亡,辉煌惨淡"的思考求索,这既是心灵的求索,也是时间的求索,更是历史的求索。

"秦岭"的昂首,写表里山河的壮美。用"灞柳"的长歌,写它的情思绵绵和绿色秀美。"一城文化,半城神仙"的神来之笔,将真情掬入,将整个词意的高度进行更高的浓缩,一种幸福的、自在的、平和的、惬意的,与人为善的生活就在眼前徐徐展开,形成了一幅团结和睦的城市交响图。

"神仙"的喻体,既是具体人的精神超脱,更是生命的精神超脱。

唐之长安,有诗圣杜甫的《饮中八仙歌》,李白就是其中神仙般的谪仙人,有着"天子呼来不上船"的豪气纵逸和放浪形骸的傲视八极。其他几位也都属桀骜不驯、狂放不羁的旷达之士。还有传说中的八仙人物,被称为剑仙、酒仙的吕洞宾,就曾留下了在长安酒肆被京兆人汉钟离点化成仙的传说。钟吕之外,其中几个有真身的人物张果老、韩湘子、蓝采和,也都在长安留下了仙迹。

"十二街前楼阁上，卷帘谁不看神仙"。漫漫的历史长河中，长安的历史上曾有多少光照千秋的"神仙"，而现今的西安，不少人身上仍然具有"神仙"素质。

"一城文化，半城神仙"一句，众口一辞、众望所归地被推崇为"诗眼"，其中蕴含的内涵更为丰富。

人们常说，只有西安这样的水土才能产生这样的神来之笔，正是因为这诗句中蕴藏的意味，恰就是西安城这方水土的精魂。西安城深厚的文化底蕴，西安人生于斯长于斯，为这一方独有的文化水土滋养、孕育，不经意间，也就自然具备了独到的飘逸的神韵，智慧快乐的神采。这种神采，这种风貌，对于薛保勤来说，不仅仅是一种潇洒的生存状态，更多的也是一种进取的情怀。他解释道，神仙是一种状态，是一种境界，是一种修养，是一种追求，是一种情怀，是一种担当。

这种快乐的追求，智慧的修养，文化的情怀，发展的担当，是《送你一个长安》诗作中表达的核心人文精神。文化是民族的血脉，是人民的精神家园，是民族凝聚力和创造力的重要源泉，是综合国力的重要因素。在建设西安国际化大都市的进程中，文化将发挥重要的支撑作用。在建设人民满意西安的进程中，人民群众对丰富精神文化生活的追求将更加热切。这种人文精神，在西安文化的大发展中，在文化西安、山水西安、科技西安的建设中，更成为了一种无可取代的内在优势和隐性的动力源泉。

古城飞歌
—— 一个耐人寻味的文化现象

《送你一个长安》
之文化现象及其特征与传承创新

　　长安建都十三朝，历史悠久，有深厚的文化积淀，风俗文化绚丽鲜明，形成了这极具特色的区域文化性格。

　　《送你一个长安》，回望历史，却未拘泥于过去，而是以当代横跨五千年的大眼光扫视历史。《送你一个长安》描写现在，却非单独就事论事，而是以史官的笔触、历史的笔法记录着正在发生的历史。

　　《送你一个长安》文化性格与文化品质的传承创新，在于社会的担当和人性的担当，在于文学作品接地气的担当。

号称"八百里秦川"的陕西关中地区，东起潼关，西达宝鸡，南抵秦岭，北至黄土高原，是我国文明起源最早的区域之一。长安建都十三朝，历史悠久，有深厚的文化积淀，风俗文化绚丽鲜明，形成了这极具特色的区域文化性格。

八百里秦川坦荡辽阔，气候和自然条件虽称不上优越，但秦代以来发达的农业水利灌溉体系，使它具备了不依赖外地，不依赖商业，独立封闭发展模式的条件，这也培养了关中人自力更生却又保守、内向的秉性。

地处黄河流域的秦川地区，长期以来以旱作农业经济为主体，主要种植粟、黍、麦等耐旱作物。传统的精耕细作，被人们形容为"种地好像修花台"。以农为本的生活方式，使关中人笃信"一分耕耘一分收获"，形成了不尚玄想、勤朴务实的民性。

面向黄土高原的秦川地区，面对长年的风沙飞扬和广漠荒凉，世世代代与环境抗争，生活苦多乐少，形成了面对困难不屈不挠坚韧勇毅的秉性。连民间音乐也在悠远深长中带有几分苍凉。产生于这一带的秦腔，更是以悲壮的唱腔为主调。

八百里厚土秦川，五千年文化积淀。历经五千年的关中文化，却正在这"千年未有之大变局"之前显得拙讷迟钝，厚重的步伐不但跟不上全球化的步伐，就连关中自己的子弟，似也不再独崇这样的文化。

古城飞歌
—— 一个耐人寻味的文化现象

当代的关中,早已不是封闭内敛、重农抑商的地方。开放包容的陕西欢迎八方宾客,开放包容的陕西人民走向了世界。

当代的关中,早已不是凿井而饮、耕田而食的地方。积极进取的陕西成为我国重要的装备制造基地,陕西制造早已走向了全球。创新的陕西已成为我国重要的科教基地,陕西创造更迈向了世界。

当代的关中,早已不是苦难压抑、苍茫悲凉的地方。不断提高的收入水平,不断改善的生态环境让陕西人民感到了日益增长的幸福,感到了和谐与安康。

世易时移,变法宜矣。社会基础的改变,使文化产品的创新也势在必行。《送你一个长安》应运而生,于文化的传承中巧妙创新,既以大手笔回望了历史的辉煌,又以细腻

的笔触歌咏了现代的风采,其文化属性既厚重深沉又时尚清雅,以长安精神的根系滋养了新时代精神的花朵,在三秦大地引发了非凡的反响,形成了独有而耐人寻味的文化现象。

《送你一个长安》,既巧妙地传承了古体诗的韵,又创新地结合了现代语境的美。诗歌是汉语中最为精华的部分,最能发挥和张扬汉语美感的语言。这种美,这种韵,在《送你一个长安》中体现得最为明显。中国当代诗歌创作是最能充分体现现代汉语优势而发挥汉语美感的艺术实践。《送你一个长安》就是这样,继承了中国语言传统的韵味,却大胆地应用现代汉语的语境,既韵律和谐自然,又切合现代生活,通俗易懂,更能让现代的读者融入诗歌的意境而产生共鸣。

从徐志摩到戴望舒、从卞之琳到艾青,人们前赴后继地寻找中国新诗最恰当的表现形式,这种形式必须是和白话文、现代汉语血肉相连的,而内在的韵律又必须和谐而自然。从这个意义上,《送你一个长安》无疑是成功的;更为成功的一点是:《送你一个长安》所具备的内在韵律,是三秦先贤们曾歌咏过的韵律,是《诗经》的韵律。

蓝田先祖

半坡炊烟

古城飞歌
——一个耐人寻味的文化现象

幽王烽火

天高云淡

　　四个字的短句是那么熟悉,那么自然,那么古意悠长韵味十足,却又通俗易懂,无怪乎能直达读者的内心,让读者直呼其美。

　　新诗的"新",不可能是全新,她必然渗透着中国语言的精、气、神,就像现代汉语不可能是纯粹的"现代"一

样,千百年来积累的文化是血脉里的胎记,永远去不掉,正是两者的融汇、吸收以至贯通,成就了《送你一个长安》之美。

《送你一个长安》,既传承了三秦大地的深沉的秉性,又融合了清雅时尚的时代风貌。

西安身处中国内陆的黄土高原,留给国人的,就是安塞腰鼓踢踏起的漫天黄尘,一团黄风似的从山顶滚下,气势壮兮,荒凉尽现。这带有标志性的文化符号,定位了人

古城飞歌
—— 一个耐人寻味的文化现象

们的印象。再加上那句流传甚广的"八百里秦川尘土飞扬，三千万老陕齐吼秦腔"，更是把西安所处地域的大漠黄沙推向了极致。

当然了，曾几何时，这昔日的尘土飞扬景观已有了沧桑巨变的脱胎换骨，西安在数十年中，借助改革开放、西部大开发以及山川秀美工程之东风，以唐皇城复兴计划为开端，打造最具东方神韵的人文之都。进而又以大水大绿，营建最具现代意识、绿色时尚的山水之城，取得了颠覆性的翻天覆地的变化，让世界睁大了惊异的眼睛。于是"华夏故都，山水之城"成了西安最新颖的名片。西安人民性格中黄色的沉朴厚重也渐渐地融入了许多绿色的清新淡雅。

诗词与音乐是人们内心世界的反映，《送你一个长安》既传承了本地悠远深长的秦腔，又吸收了流行音乐的活力与灵动。西安音乐学院副院长韩兰魁在给研究生上课时提到，《送你一个长安》是现代、时尚和流行元素、民族元素、地方特色结合得最好的一首歌。

《送你一个长安》，既回望了三秦大地厚重的历史，又展望了这片土地充满希望的未来。

"第一次听《送你一个长安》时，感觉如同看一本历史书被一页页地翻过。"著名作曲家奚其明说，"西安是一个古都，凝聚了中国根的文化和悠久的历史，这首歌之所以能得到广泛地传唱，不仅仅因为它是世园会的主题歌，最重要的是这座城市的气息，能巧妙地把传统文化与现代社会相互融合。"

《送你一个长安》的历史视角独到，有不变的历史和世事的无常，不变的人物和内心的探求。

在帝王将相的内心，不仅仅有成与败，也有爱和恨。诗歌中历史的笔触并未止步于当代。

古城飞歌
——一个耐人寻味的文化现象

长箭揽月

飞豹猎犬

借今古雄风直上九天

更以抒写历史的笔法,记录了这些发生于当代,却终将载入史册的正在发生的历史。

《送你一个长安》,回望历史,却未拘泥于过去,而是以当代横跨五千年的大眼光扫视历史。

《送你一个长安》描写现在,却非单独就事论事,而是以史官的笔触历史的笔法记录着正在发生的历史。

著名文化学者肖云儒认为:《送你一个长安》,就是用一种线性的延展去把历史和现代联系在了一起。

化作春泥更护花

诗人充满热情地历数长安形胜之地留下的历史遗产,写蓝田,写半坡,写烽火,写周秦汉唐,写司马长卷,写皇家陵园,发思古之幽情。作者更是纵情吟今日之长安,今日的长安城里,是"一城文化半城神仙",绝妙美丽的概括,长安人深厚的文化底蕴,长安人的神思飘逸和智慧快乐的形象跃然而出。

《送你一个长安》
在业内得到赞美性推崇

《送你一个长安》,一经传唱,不仅在诗歌创作界引起轰动,更在文化界、艺术界,作家、剧作家、音乐家、评论家中引起了强烈的共鸣。众多文化名人看到"一城文化半城神仙"时,连呼绝妙,陕西广播电台更将此句作为"诗香一瓣"栏目的片头。

"《送你一个长安》,以大空间观,写出了长安人的新形象,唱出了长安人的大气魄,'一城文化半城神仙'一句最点睛、最给力、最得劲,做世园会主题曲实在是再合适不过。"

《送你一个长安》,一经传唱,不仅在诗歌创作界引起轰动,更是在文化界、艺术界,作家、剧作家、音乐家、评论家中引起了强烈的共鸣。众多文化名人看到"一城文化半城神仙"时,连呼绝妙,陕西广播电台更将此句作为"诗香一瓣"栏目的片头。

著名文化学者肖云儒说,对《送你一个长安》的原

古城飞歌
——一个耐人寻味的文化现象

诗、歌词都曾反复品读过，有很多的感触。长安需要这样一首歌，来向世界表达古长安的历史文化感；世园会太需要这样一首歌，来表达新西安的胸怀，需要站在大长安、大文化、大历史的角度，向世界发出自己的声音。

作为一位从政的诗人，薛保勤有着以数千年文化和曾为13个朝代的古都作为坐标的大时空观，以俯瞰历史的视角贯通历史，辐射每个朝代和时代的成就和精粹。

《送你一个长安》还展现了一种大历史观，世园会选择这首诗作为主题曲非常好。世园会主打的是花卉，是自然，是理念之美，而《送你一个长安》则传达的是长安的人文之美，可以说是对"天人长安·创意自然"的最佳阐释。让游人不仅欣赏到美的花卉、景观，更能体会到其背后的历史。这首歌给人展示出长安人不再是长安愣娃的形象、水平，而是提升到了"送你一个长安"的一种大气魄、大襟怀，是"摘一缕情丝告诫明天"的拥有一城文化的半城神仙。

西安音乐学院教授、文艺评论家仵埂表示，诗人充满热情地历数长安形胜之地留下的历史遗产，写蓝田，写半坡，写烽火，写周秦汉唐，写司马长卷，写皇家陵园，发思古之幽情。作者更是纵情吟今日之长安，今日的长安城里，是"一城文化半城神仙"，绝妙美丽的概括，长安人深厚的文化底蕴，长安人的神思飘逸和智慧快乐的形象跃然而出。

"老薛的诗歌成了世园会会歌，我比他还高兴。说句玩笑话，这首诗歌里还有我的功劳呢。"著名文艺评论家李星谈道："报纸上登出《送你一个长安》歌词后，我又细细品读了一番。之前，有一次开会时，我碰到了薛保勤，他从手机上调出来征询我意见，问是否要保留'一城文化半城神仙'一句。有位专家的意见是去掉，而我的想法是一定要保留。

古城飞歌
—— 一个耐人寻味的文化现象

那是这首诗歌的诗眼所在。"在诗歌前半部分讲的是西安人文、历史文化,一句"一城文化半城神仙"把整首诗歌都进行了概括和提升。尤其是,"半城神仙"一词,对整首诗歌来说是有超越性的意义,既是对西安深厚宗教文化的肯定,又是对西安人身上的文化气质、文化素养、文化积淀的一种肯定。所以,这首诗先是在《人民日报》上发表,后来被省内各大媒体转载,最终被配曲作为世园会会歌传唱,李星说在他看来就是一种必然。

《诗刊》杂志常务副主编、著名诗人李小雨表示:"如果一个民族充斥的都是地摊文学,那么这个民族是没有希望的民族;如果一个民族都写诗,那么这个民族则是有希望的民族。"李小雨将诗人用手机在闲暇时间创作的"拇指时代"的诗行,比作"块块汉绢唐锦"随风飘扬,化成朵朵云彩,盘桓在诗人生活的古都长安,又被诗歌的风吹向故乡,吹向五湖四海,吹向世界。

李小雨专门撰文书写了她对《送你一个长安》诗作的赞许。她在文中表示,读诗人薛保勤的诗,首先感到他对我国古典诗词的热爱和继承。他的诗具有浓郁的诗情画意,境由心生,意从情出。山山水水在诗意的光与影中,有了诗人灵魂的温度、情感的升华。这些诗厚重又飘逸，见禅见理而抒情，朗朗上口，在一种音乐的节拍中，行云流水、云舒云卷般地展开闭合。这些时令的新篇，更有一种晓畅、一种古风。在他笔下，新诗和传统有了和谐的乐章。长安作为唐诗的诞生地，飞鸟遗音，这部诗画音乐合一的诗作，正是得此给养、油然而生的诗情画意，显示出一种气度和胸襟。诗人满怀机敏才思，"送你一个长安，还有祥云一片"；"一城文化，半城神仙"。可谓神情、神韵、神气、精神合一，高度概括、高度洗练。这片诗歌的云板，借今古雄风直上长天，鹤舞九霄。

　　文中提到，"一城文化，半城神仙"，被人视为神来之笔。写下这样的句子，诗人的内心必然淡定，早已从浮躁的都市中抽身，化蝶，翩跹在自然的境界中。诗人多次写作"禅"诗，不是消极避世，而是对生活对苦难的认知通透，泰然包容，这也是他历经人世坎坷之后的一种淡定，这更是一种人生智慧，无虚无空，坐在大宇宙之中，静观，轻抚，用爱和美护佑万物，用真和善涂染价值观念和精神底色。

古城飞歌
——一个耐人寻味的文化现象

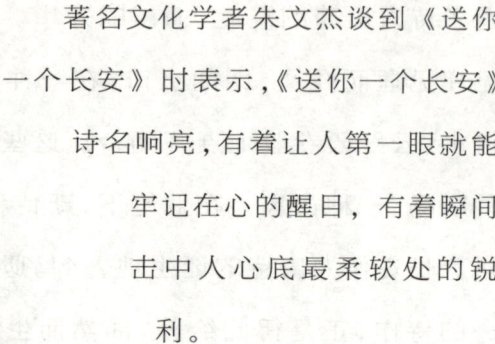

著名文化学者朱文杰谈到《送你一个长安》时表示,《送你一个长安》诗名响亮,有着让人第一眼就能牢记在心的醒目,有着瞬间击中人心底最柔软处的锐利。

"可我却逆向思维,把长安送人,未免有点太大方了吧?虽然,我知道作者送出的,是长安历史的辉煌,西安今日的灿烂。但想着昔日长安一些珍贵的无形财富,都遗失,'送'给别人了,就有点心酸的遗憾。"

朱文杰表示,《送你一个长安》大气磅礴,意境不凡,雄阔博大,浑厚华滋。尤其以"一城文化,半城神仙"为妙,"太漂亮了!""一句顶一万句。""是诗之灵魂,如天外灵音,得神仙之助的警句。"

一首词,谱成曲,被广为传唱,是对陕西文化上的一个了不起的贡献。

好歌词,好曲子,好声音三位一体的组合,《送你一个长安》的华丽转身,曲作者甘霖,演唱者韩磊、汤灿功不可没。

作为西安世园会的音乐总监,甘霖是在网上偶尔看到《送你一个长安》诗歌的,细细品读之后,觉得此诗很适合世园会,就通过人介绍找到薛保勤,两人一拍即合,便有了《送你一个长安》的歌词版本,曲谱也用了四个通宵完成。甘霖在音乐中运用了现代、时尚和流行元素,更把民族元素和地方特色很好结合在了一起,所以就有了送你一个长安的历史沧桑感和它自身的气魄。

"韩磊的声音和这个歌绝配,是韩磊给我们增加了色彩,也给薛老师的歌词增加了厚度。"

甘霖的曲谱表现出了古都西安的雄浑与厚重,时尚和发展主题,耐人品味。

甘霖表示:"西安是中国文化的根,它的文化最深厚,十三朝古都在这里。我听说西安很多领导会唱这首歌,这首歌深入民心。"

著名歌唱家、《送你一个长安》的演唱者韩磊一直认为,歌词中的"送"很有意思,西安有资格送,送的内容很丰富。他坦言,陕西人和山西、内蒙人有很多脾气、性格、文化的交融,并能够从情感深处互相影响。

古城飞歌
——一个耐人寻味的文化现象

"唱此歌我不陌生,重要的是能够通过我的声音把这个'送'字唱出去,用我的声音见证这个词,见证这个字很荣幸。"

"为世园会尽情歌唱"的韩磊演唱风格厚重、大气,有勃发向上的原动力,他用他的声音,用他全部情感演唱了这首歌,把《送你一个长安》这一丰富内涵表现得韵味十足,情深意切。

《送你一个长安》成曲之后,在音乐界也引发了广泛的关注。西安音乐学院副院长、陕西省音乐家协会副主席韩兰魁介绍说,两年前薛保勤曾和自己探讨过能不能把诗歌《送你一个长安》改成歌曲。大约两个月后,薛保勤告诉韩兰魁说,歌词已被选中做主题曲,由甘霖作曲,让自己看看谱得如何。

"这首歌从风格上而言旋律不错,主题把握得很好,调式上有陕西特点。这个特点会让初听的陕西人感觉亲切,韩磊的演唱又融入了西北人的豪放、慷慨。"

韩兰魁说:"在前奏部分加入了流行音乐的元素,让旋律入耳又容易流传,易于让外地、外国听众接受,传唱,所以我认为这首歌能普及!"这首歌曲将成为世园会一个亮点。"我有个建议,《送你一个长安》不仅要有男声、童声

和男女声版本，还应该有更多不同伴奏版，以更多形式、风格来演绎衬托，让它贴近不同需求的听众。要达到一旦音乐起来，就会有人跟着哼唱的效果。"

著名歌唱家谭晶作为世园会形象大使，不仅盛赞世园会美景，更对主题曲《送你一个长安》情有独钟。

"歌名就让人感觉很舒服，歌名起得非常好，给人一种祥和、长久平安的感觉。"

谭晶更是曾即兴向进行访谈的记者吟唱了《送你一个长安》，认为适合演唱，意境很好。

"古代的长安和如今的西安在实际上都是很有影响力的，这首歌的歌词写出了西安的气势和这座传统与现代交融的城市的感觉，整体而言都非常好。"

著名女高音歌唱家刘媛媛也说自己对《送你一个长安》印象深刻，"词曲相得益彰，把西安古城的韵味表现出来了，我不是西安人，但听到这首歌时，西安厚重的文化底蕴，曾经的历史画面和现代朝气一下子就映入脑海，这首歌非常好听！"

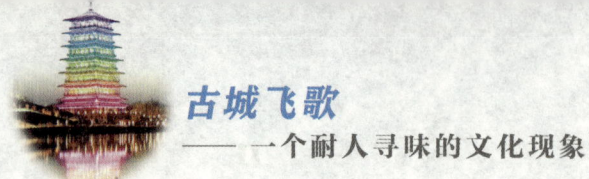

古城飞歌
—— 一个耐人寻味的文化现象

《送你一个长安》
在各级学校的广泛传播

世园会期间，由大学生组成的志愿者队伍，为世园会带来了祥和的、欢快的绿色景致，为世园会的圆满举办增添了光彩。志愿者文化与《送你一个长安》的内在文化十分契合。志愿者们以贡献一己之力服务世园，为的就是向世界展现西安的风采，西安人民的精神风貌，让世界了解西安。这种精神不就是"送你一个长安"的精神吗？开放包容的新长安精神，与大学生志愿者清新欢快的形象，留在了许多参观者的心中；世园会主题曲《送你一个长安》的优美旋律，也这样留在了许多心怀美好的志愿者心中。

教育是优秀文化传承的重要载体，文化育人是人才培养的重要手段。健康的校园文化，可以陶冶学生的情操，启迪学生心智，促进学生的全面发展。在这种以学生为主体营造的人文环境和文化氛围中，能够进入学生的内心，与学生群体形成共鸣的文化形态，就能够渐渐成为校园文化的一部分，成为校园中生机与活力的一部分。《送你一个长安》就

化作春泥更护花

是这样,在各级学校的传播中,以其强大的文化感染力走入学生的内心,很快成为了陕西省特色校园文化的重要组成部分。

　　世园会期间,由大学生组成的志愿者队伍,为世园会带来了祥和的、欢快的绿色景致,为世园会的圆满举办增添了光彩。志愿者文化与《送你一个长安》的内在文化十分契合。志愿者们以贡献一己之力服务于世园,为的就是向世界展现西安的风采,西安人民的精神风貌,让世界了解西安。这种精神不就是"送你一个长安"精神吗?开放包容的新长安精神,与大学生志愿者清新欢快的形象,留在了许多参观者的心中;世园会主题曲《送你一个长安》的优美旋律,也这样留在了许多心怀美好的志愿者心中。

　　文化共鸣的力量是伟大的。一时间,在西安交通大学的

古城飞歌
—— 一个耐人寻味的文化现象

"腾飞塔"下,西北大学的"角砾岩"旁,陕西师大的"曲江流饮"边,长安大学的"彩虹桥"上,在西安理工、西安外院、西北政法、西安建大的林荫道上,在餐厅旁,在教室的走道上,处处都能听到《送你一个长安》的优美旋律。文化的共鸣带来了文化的共融,《送你一个长安》的大气、包容、开放、久远、诚朴的内在精神,渐渐融入了陕西各所高校的校园文化中,成为了陕西高校的一种特有的文化气息,成为了陕西高校走内涵式发展道路的重要文化积淀。

在西安的许多中、小学校中,《送你一个长安》非常受学生欢迎,刚发布就有许多孩子学会唱这首歌。

在西安师范附属小学,前去采访的记者,曾看到一群孩子簇拥着老师坐在凉亭里唱歌,人手一页歌谱,一个个认真的样子让人不忍打扰。在他们身后,青草和鲜花随着微风轻轻摇曳,整个画面犹如一幅写生般动人。

西安师范附属小学六年级的王了然同学说,《送你一个长安》这首歌问世之后,受到了全校学生的喜爱,大家都在学习这首歌,时不时都会哼两句,老师们也会在音乐课和课余时间教给大家。"所以,老师没有等着我们自己学,马上利用课余时间教给我们了。"她笑呵呵地说。

正在给孩子们教唱的学校音乐老师陈慧,一边哼着悠扬的曲调,一边挥手打着拍子。田泽睿同学说道:"我觉得这首歌是在诉说历史,每一句都是一个历史,这首主题曲可以让国内外的游客充分感受到西安的厚重文化,代表性很强。"

西安师范附属小学大队辅导员陆洋曾对前去采访的记者说,在世界园艺博览会举办期间,学校里开展了各种

形式的活动,有绘画、班队会、征文比赛和联欢会等等,学生们参加非常踊跃。现在世园会在同学中的知晓率是100%,同学们还自发学习了世园会的相关知识,热情很高,而对世园会的认识与了解,主要还是通过《送你一个长安》这首歌曲。

在世园会期间的2011年7月,中、美、英三国中学生2011"汉语桥中、美、英学生夏令营"、"手拉手夏令营"、"宜昌天问学校教师团"结营仪式暨汇报演出在世园会浣溪沙舞台举行,200多名师生以精彩的演出,为12天的快乐生活画上了一个圆满的句号。演出正是在中、美、英三国中学生少年共同排演的西安世园会主题曲《送你一个长安》中拉开帷幕的,领唱的17岁英国少年山姆,中文吐字发音字正腔圆,那首耳熟能详的中文歌曲,伴着外国中学生们的舞步,引来现场观众的阵阵欢笑。

古城飞歌
—— 一个耐人寻味的文化现象

在音乐诗画表演"西安印象"中,来自英国帕特语法学校的少年现场弹奏《送你一个长安》的乐曲,将气氛推向了高潮。"孩子们以汉语为桥、文化为舟,结下了深厚的友谊,外国的孩子不仅了解兵马俑、大雁塔,还亲自感受到了西安发展的现代气息。"夏令营活动中方带队曹老师表示,"这些正是因为他们学唱了《送你一个长安》。"

诚然,让西安走向世界,让世界拥抱西安,外国中学生们,在世园会里演唱《送你一个长安》主题歌,唱长安的文化,唱长安的城市建设和科技进步,使他们对中国文化的热爱,迸然在阳光下绽放。

《送你一个长安》,不仅在大中小学校中深受喜爱,而且在学前教育领域中,也大受小朋友们的喜爱。

西安新城友谊幼儿园的园长石俊在接受访谈时提到,在他们幼儿园中,就给孩子们教唱了《送你一个长安》这一世园会主题歌。

"歌词上口,易记,所以就教了,孩子们用童声唱出来,别有另一番情趣。"世园会期间,石俊园长一边让孩子们画绿色的草、异彩纷呈的花,一边让孩子们学唱《送你一个长安》,从而让孩子们的心中有了一个绿色与五彩缤纷的西安。

化作春泥更护花

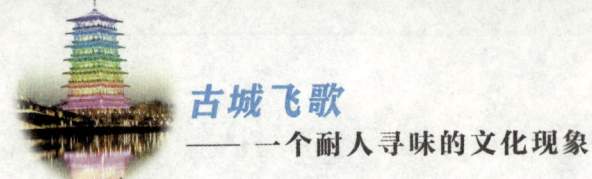

古城飞歌
—— 一个耐人寻味的文化现象

《送你一个长安》
在民间生活中的传唱

> 从编汇成集到谱写成曲，从民间流传到唱响世园，《送你一个长安》从小众流传到了大众，从长安城唱遍了全国，成了长安城里人人爱唱，中华大地人人爱听的一首好诗、一曲好歌。

《送你一个长安》的流传，是从诗作开始的。一经发表，这首雄浑大气的新诗就迅速地在西安文化界流传开来。人们赞叹这首诗的创作手法，感叹这首诗的意境，品尝这首诗的滋味，讨论这首诗的思想，甚至在朋友聚会时、新人结婚时也即兴朗诵这首诗。从编汇成集到谱写成曲，从民间流传到唱响世园，《送你一个长安》更从小众流传到了大众，从长安城唱遍了全国，成了长安城里人人爱唱，中华大地人人爱听的一首好诗、一曲好歌。

西安是个文化的大都市，文化活动频繁，文化内容丰富，文化产业雄厚。除过专业的文化单位和文艺团体外，西安还有许多自发的民间文艺团体，这些团体的成员大多来自各行各业热爱文艺的离退休者，也有专业人士和在职人员，经过了多年的组合与磨练，以及一些实践性的演出活动，有些团体就有

化作春泥更护花

了知名度,演出水平也达到了相当的水准。

陕西省心连心合唱团,多次参加全国与省、市的合唱大赛,屡获大奖,得知《送你一个长安》确定为世园会的主题歌后,成员们纷纷表示要学唱这首歌,以这样一种特殊的方式,表达自己对世园会的期盼和惊喜。

陕西省心连心合唱团的成员们,在世园会即将到来之际,在西安莲湖公园学唱并且学会了《送你一个长安》。

合唱团团长兼指挥王曾芃,是退休下来的音乐工作者,担当了教唱的任务。成员们在网上找到歌词和谱子,做成歌页人手一份,并将排练放在了人流如织的莲湖公园,这样做的目的,是让更多的市民和游客听到歌声,可以把这首歌的歌词和旋律记住一些,另外公园里还有其他群众合唱团,他们听到唱主题歌,也会去学,这样相互影响,用不了多长时间,大家就会对《送你一个长安》越来越熟悉。合唱团排演中,群众围了里三层外三层,很是热闹。来西安旅游的河南游客郑舒雅,好奇地要了份歌页细细看起来,"原来这就是世园会主题曲,可真棒!"受现场气氛的影响与感染,她也加入到了队伍中,还有许

古城飞歌
—— 一个耐人寻味的文化现象

多人和她一样，自觉不自觉地都学唱了起来。阳光暖暖地照着，手风琴悠悠地响着，多声部的声音亮亮地传着，就又变成了莲湖公园另外的一道风景。

合唱团里，中、老、青三代"歌迷"完全沉浸在优美的歌声中，休息时，还三五成群在一起反复练习，提高演唱水平。77岁的孙涤老人在现场清唱《送你一个长安》，准确到位。她激动地说，这是首非常有古韵的歌，歌词很有诗意，旋律不复杂，让人一唱就会，一唱就喜欢！世园会是一个大盛会，在我眼里，它跟北京的奥运会、上海的世博会同样精彩。世园会让我们大开眼界增长见识，结交更多朋友，也让更多来自世界各地的朋友了解和认识西安！为了把世园会办好，我们一定要唱好这首歌。青春活泼健康向上的气息笼罩着孙涤老人，使得她信心百倍。

合唱团成员闫雯也谈道：之前我们也接触过一些赞美长安的歌曲，但是有的旋律不好把握，有的歌词太深奥，不好理解，但这首《送你一个长安》的歌词，既有文化韵味又通俗易懂，旋律也特别容易上口。"这首歌具有我们陕西的地方韵味，陕西人唱陕西的歌自然有种亲切感，和一种油然而生的自豪感，唱起来富有真情实感。"

古城飞歌
—— 一个耐人寻味的文化现象

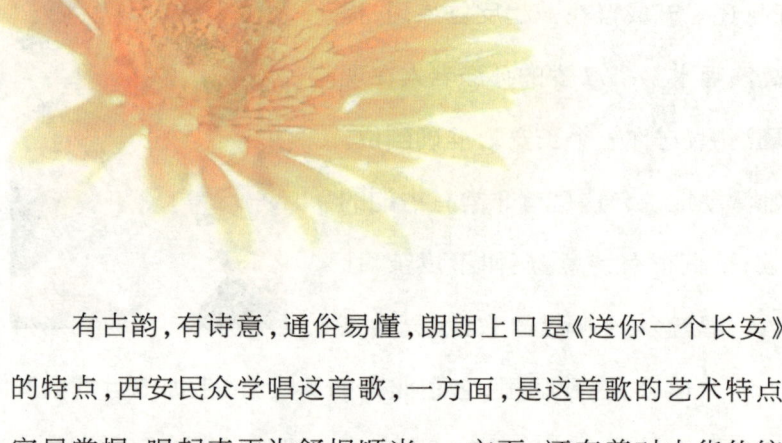

有古韵，有诗意，通俗易懂，朗朗上口是《送你一个长安》的特点，西安民众学唱这首歌，一方面，是这首歌的艺术特点容易掌握，唱起来更为舒坦顺当；一方面，还有着对中华传统文化的眷恋与对世园会生命色彩的情结。

西安老年时装艺术团也是一个有一定知名度的群众艺术团体，对《送你一个长安》主题曲的热爱也可见一斑。团长兼服装设计魏广铮女士用此歌的音乐作为背景，上演了一段十分精彩的古典与时尚结合的时装表演，演员们气质俱佳，动作娴熟，伴随音乐节奏展示服装之变，给人以新鲜亮丽之感。此节目上演以后，极受欢迎，多次被邀参加各种演出活动，用魏广铮的话说，《送你一个长安》的音乐非常典雅、时尚，适合当代人们的审美需求，我们用这样的音乐演绎服装展示，就是要使老百姓喜闻乐见。

庄严厚重、悠远大气的《送你一个长安》主题歌，牵动了无数人的心魄，写意了西安城和世园会的美丽。城市人唱《送你一个长安》；农村人也唱《送你一个长安》；在城乡交汇区的地带，一段段的歌词被传颂，一遍遍的歌声被传播，这种热潮从2011年的4月份流淌到10月份，再从2011年一直流淌下去，不被年年岁岁的日子湮没，而是成了定格，成了一种文化象征。

一位外地人乘坐出租车，在车上听了这首歌，很兴奋：这首主题歌太好听了，西安不但是个文化古城，也是一个很时尚的现代化城市，我一定要专门看世园会，还要带着家人、邀请朋友一道来！

古城飞歌
——一个耐人寻味的文化现象

杭州的一位网友在天涯论坛写道:"在西安旅游,坐出租车,听广播里韩磊唱的世园会主题曲《送你一个长安》,我感觉完全被一种浓厚的文化氛围包围了。"一首歌,在民间广为传唱,是有它深层的社会背景和文化背景的,在城市、在农村都是一个道理。

北京奥运会弘扬的是国人的精神,上海世博会弘扬的是国人的精神,西安世园会弘扬的是国人的精神,三位归拢为民族精神,《送你一个长安》弘扬的是文化精神,词作者薛保勤用传统文化对接先进文化,用古老对接现实;曲作者甘霖用传统文化对接先进文化,用古典对接时尚;歌唱者韩磊、汤灿用传统文化对接先进文化,用古韵对接时代,三位一体,划了一个完整的句号。由此看来,《送你一个长安》歌曲被民间的广泛传唱,并不是随意偶然而形成的,而是人们用在学唱的真情实感,去传播并坚守了文化精神的缩影。

化作春泥更护花

《送你一个长安》
被媒体广泛关注与追捧

在《送你一个长安》的诗作初在文坛形成热潮时,就引起了一些文化视觉敏锐的专业媒体的关注。多家报社曾以多篇报道密集关注《送你一个长安》的同名诗集,与读者分享了其中的不少好诗。后来更是对这一文坛盛举进行了持续而立体的关注,不但新闻不断,更辅以不少深度鉴赏的散文,与读者共同分享、品鉴。

《送你一个长安》的创作,经历了从酝酿,到在《人民日报》发表;从编汇成集,到谱写成曲;从民间流传,到唱响世园的过程。民众对其浓厚的兴趣也是逐步升温,从开始关注诗作本身,到关注诗作的创作过程、诗人的心路历程,文化名人对诗作的讨论,也渐渐成为话题的中心。

在《送你一个长安》的诗作初在文坛形成热潮时,就引起了一些文化视觉敏锐的专业媒体的关注。多家报社曾以多篇报道密集关注《送你一个长安》的同名诗集,与读者分享了其中的不少好诗。后来更是对这一文坛盛举进行了持续而立体的关注,不但新闻不断,更辅以不少深度鉴赏的散文,与读者

古城飞歌
——一个耐人寻味的文化现象

共同分享、品鉴。例如刊发于《文化艺术报》的这篇著名文化学者朱文杰的品鉴散文：

听说诗友薛保勤的《送你一个长安》，被选为2011西安世界园艺博览会主题歌，那份为朋友的高兴是喜出望外的雀跃。

记得三月春光明媚的一天，我就有幸在薛保勤的办公室先"听"为快地欣赏了这首诗的朗诵录音。海茵和包志坚二位朗诵艺术家激情澎湃地演绎，有先声夺人的震撼，并给我连续不断的情感冲击。诗中的"蓝田先祖，半坡炊烟"一下就把被誉为华夏故都长安的五千年中华文明的源远流长，淋漓尽致地表现了出来。

蓝田猿人是比北京猿人更为原始的人类先祖,当他们手握石斧,从蓝田的公王岭现身时,环顾洪荒宇宙,充满了对这个世界的新奇和陌生,以及懵懂的目光中闪射出的激情和自信,紧接着,仰韶文化最典型的半坡人,也开始了在人类生命征途的"半坡"上的跋涉攀登。一部雄阔壮丽的史诗大剧就在这里拉开了帷幕。

而中国古代文明中的周秦汉唐最为鼎盛的历史,也为长安独享。今天的西安又逢千载难遇之盛事,世界园艺博览会选择西安,给我的惊诧、惊异和惊喜,真有点猝不及防。

《送你一个长安》诗名响亮,有着让人第一眼就能牢记在心的醒目,有着瞬间击中人心底最柔软处的锐利。可我却逆向思维,把长安送人,未免有点儿太大方了吧?虽然,我知道作者送出的,是长安历史的辉煌,西安今日的灿烂。但想着昔日长安一些珍贵的无形财富,都遗失,"送"给别人了,就有点心酸的遗憾。例如:"司马长卷"《史记》中的长安,被誉为"金城千里,天府之国"。而现在金城不提了,天府已成为四川成

古城飞歌
——一个耐人寻味的文化现象

都盆地的代名。还有唐代诗人韩翃形容长安"春城无处不飞花"的春城,也归于昆明了。更有甚者,唐代的"长安牡丹甲天下"已变成了"洛阳牡丹甲天下",这是让明代小说家冯梦龙一篇虚构小说,假武则天之手"贬"给洛阳的。当然了这不是送,是无可奈何的丢失和抛弃,是皇都变废都日渐式微的必然。好在这数十年来西安逐渐觉醒,已现卧龙腾空之势。如今,迎来2011西安世界园艺博览会,借此契机,西安再来一次华丽转身,如同《送你一个长安》中所咏赞的"唐风汉韵,锦绣斑斓。古都花开,春满家园"!

《送你一个长安》大气磅礴,意境不凡,雄阔博大,浑厚华滋。当听到"一城文化,半城神仙",引得我失声叫好:"太漂亮了!"薛保勤说:"有人建议我改掉这半城神仙,怕产生歧义。"我忙说:"千万不能改,这首诗就全凭这一句了,一句顶一万句啊!"

确实,这一句是诗之灵魂,如天外灵音,得神仙之助的警句。

现今的西安,不少人身上仍然具有"神仙"素质。例如普通西安人大多是:安贫乐道,与世无争,清净无为。他们的安乐观是随遇而安的"安",知足常乐的"乐"。加上追求随心所欲,潇洒快活,这不正是神仙才有的境界吗!

正和薛保勤探讨着这西安的"半城神仙",保勤突然指着我说:"你就是咱西安的神仙!"一时间,让我有点云山雾罩的发懵,"我咋成神仙了呢?"随即一想,西安半城人皆神仙,我充个数不算勉强。想来,我的逍遥自在,心无羁绊,与名利无缘,天性爱玩,无论是音乐、文学,琴棋书画,旅游、集邮、收藏,养花弄草,且都玩得有滋有味,如此一想,这不是活得如神仙嘛!心中就不由有了几分洋洋得意。"哦!怪不得我特喜欢半城神仙这一句,原来这神仙里有我呀!"

其实,薛保勤也是神仙。他是属于神采飘逸,文思泉涌,灵心慧根这一类智慧神仙。他爱诗如痴,心存忧患,敢碰有些犯忌的文学"禁区"。例如他写反映"文革"知青生活的长诗《青春的备忘》,就敢于超越伤痕文学,摒弃"青春无悔""苦难辉煌"这些空洞的程式,这种敢于担当,特立独行的诗人情怀,不正是"神仙"作为吗?

而今天《送你一个长安》被谱了曲,已成为西安人议论世

古城飞歌
——一个耐人寻味的文化现象

园会聚焦的热点，这首神采飞扬，元气丰沛的主题歌，会让每一个游人沉浸在雄浑博大的历史氛围中，回望长安，畅游世园，在当今西安超级时尚的园艺花卉，大水大绿，锦绣成堆的五彩斑斓中陶醉。2011西安世界园艺博览会，将会因一首《送你一个长安》插上翅翼，美名远播。

唱响华夏大地，回荡五洲四海，光彩整个世界！

随着《送你一个长安》在业内受到越来越多的推崇，主流媒体也渐渐关注了这一文化现象。

《西安晚报》以《词美曲佳引文艺界热议'长相思，在长安'》为题，进行了报道。文中从歌词的"诗韵幽幽"，论述了"一城文化半城神仙"的"诗眼"；从旋律"豪迈慷慨"，论述了"陕西调式加流行元素易于流传"；以主题的"展现大历史观"，论述了歌词"表达长安人的博大胸怀"。

《华商报》记者孙洪伟以《薛保勤：送世界一个长安》为题，写出了薛保勤的诗歌创作过程，以及中选世园会主题曲的始末。孙洪伟在文章中写道：在《送你一个长安》中，能够听到作者对长安的一片深情。薛保勤说，这是热爱西安的人对西安的回望和反思，在他眼里，西安有"送你"的价值。"西安是中国最为靓丽的历史文化名片，中国最具现代特色的科教高地，她具备给世界送的分量和价值。'一城文化半城神仙'，在我眼里是西安的精魂，希望她也能成为西安的名片。"

随着《送你一个长安》在市民中的广泛传唱，媒体更是对这一现象进行了报道。《西安日报》记者李福民、李欣用《〈送你一个长安〉唱火了》为标题，记录了市民自发学唱世园会主题歌的情景，记录了电台播放《送你一个长安》的盛况和网友热情传唱录制 MV 的过程。李福民还在另外一篇《新长安风，亮秦人自信从容气度》文章中分析了《送你一个长安》广受欢迎的原因："新长安风"歌曲在风格、气质和精神上，颇具大气之风，又含现代时尚元素，体现出健康、典雅、清新之风。《送你一个长安》是西安世园会主题曲，是一曲豪迈不失雅致的赞歌。历史感与时尚化完美融合，历史感体现在歌词内容上，时尚感体现在歌曲立意及旋律处理上。《送你一个长安》有底气、有自信，是首有些缅怀也不失自省的歌曲，彰显出一代新西安人创造西安新形象的豪气，其曲谱格调高雅，有着明显的跨界、混搭风格，在旋律追求上，使人们不约而同地传唱，引发了音乐界诸多学者的广泛关注。从群众的反馈和网格上的众多留言来看，《送你一个长安》的唱火，与词曲作者在创作上的文字美、意蕴美、曲调美和节奏美融为一体有很大关系，又上口易学，歌曲不走红也难。

除了平面媒体外，陕西电视台、陕西人民广播电台、西安

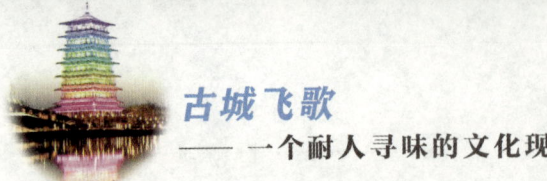

古城飞歌
—— 一个耐人寻味的文化现象

电视台、西安人民广播电台也不失时机地宣传了这首脍炙人口的诗歌。早在《送你一个长安》被评为世园会主题曲之前,陕西音乐广播诗歌专栏《诗香一瓣》的片头,就选用了《送你一个长安》中的一段。后来,作为世园会主题曲的《送你一个长安》,更是通过电视和电波飞进了千家万户。

网络方面,早已被网友把《送你一个长安》制作成 MV 上传网络,网友们都爱不释手,认为"歌词古朴厚重,凝练不失时尚,大气十足,只有长安的水土能孕育这样的好诗。"西部网、西安新闻网、白鸽网等 10 多家西安主流网站都开辟了"世园会专区",不少网站在首页搭建"唱响世园 让爱传递"等专题,主推世园会会歌,还有网站建立了可以直接点播《送你一个长安》的点播平台。严建设、痞子乐等诸多西安网络名人,运用自己的网络影响力,对世园会主题曲展开了堪称"专业级"的推广,更多的西安市民也在自己的微博、博客或 QQ 上发表和传递《送你一个长安》的歌词,热传世园会主题曲。在陕西论坛上,网友"古城小妞"感慨:"我也要把这首歌从微博上转发给更多的人听,太有气魄的歌词! 西安的确在一点点变得越来越好。我爱西安,我在西安,我骄傲!"

随着人们对《送你一个长安》的思考,媒体对它的关注也逐渐走入深化,开始讨论它带来的深层文化主题。如《中国文化报》的记者蔡萌用《送你一个长安,乐坛一抹新绿》为题,介绍了《送你一个长安》所引领的"新长安风":

《祓禊谣》《送你一个长安》《爷们儿》《巧智慧心》《和风东来》……2011西安世园会系列歌曲一经推出，就被广为传唱，业内人士亲切地称之为乐坛"世园风"、"新长安风"；据统计，《送你一个长安》《爷们儿》成为时下西安热度最高的两首歌曲。日前，多位国内音乐界的专家学者们齐聚西安，共同探讨"新长安风"这一音乐现象。专家认为，"新长安风"给国内音乐界带来了积极的启示，音乐不仅继承了中华民族优秀的传统文化，并且不拘泥于传统，在继承和创新方面做出的努力和探索值得肯定。

"第一次听《送你一个长安》时，感觉如看一本历史书被一页页地翻过。"著名作曲家奚其明说，"西安是一个古都，凝聚了中国根的文化和悠久的历史，这首歌之所以能得到广泛地传唱，不仅仅因为它是世园会主题歌，最重要的是这座城市的气息，能巧妙地把传统文化与现代社会相互融合。"

随着这一文化现象的逐渐成形，除了专业媒体《中国文化报》《文化艺术报》等，《人民日报》等国家级的主流媒体中也出现了越来越多的深度报道。

《人民日报》以《文化继承与新诗创造——以薛保勤诗歌为例》，剖析了《送你一个长安》的成功所揭示的新诗创作理念。文中提到：

我情不自禁地为薛保勤叫好，他正好沿着这一脉新的诗

古城飞歌
—— 一个耐人寻味的文化现象

歌传统进行自己的艺术跋涉,并且取得成绩。尽管我们从他的诗集中可以看出郭小川、贺敬之以及闻捷等人的影响,包括朦胧诗前后如北岛、顾城以及海子的蛛丝马迹,甚至是古典诗词的优美篇章,以及普希金、拜伦、雪莱等的影响,但并不影响我对他艺术的整体评价:博采众长,化为己用。《送你一个长安》就不用多说了。其他如《致青年》《问天》《记忆的碎片》《看荷》《题日月潭》等都是非常典型的有强烈形式感追求的好诗。仅以古典诗词与自由诗的关系论,近百年来两者的关系都没有摆好,没有理顺。新诗的"新",不可能是全新,她必然渗透着中国语言的精、气、神,就像现代汉语不可能是纯粹的"现代"一样,千百年来积累的财富,只有败家子才扔得一分一文都不剩。而且,在文化的传承上,这种情形是不可能出现的。文化是血脉里的胎记,你永远去不掉,不是一件破褂子,想扔就扔了。一味膜拜传统要不得,无视、蔑视传统更要不得!多年来我们在文化上没个正性,忽左忽右,忽高忽低,忽冷忽热,忽起忽伏,众说纷纭,莫衷一是。如果只谈诗,聂绀弩、杨宪益等的"新古体"诗,何尝又不可作为新诗读之?新诗人卞之琳、林庚等人的作品,又何尝不可以作为新传统诗而阅读呢?两者的融汇、吸收以至贯通,我看就是当代诗歌写作的出路所在了。

在此,我借用一句话赠给诗人薛保勤:深信你对于诗的认识,是超越"中外"、"新旧"和"大小"的短见的;深信你是能够了解和感到"刹那的永恒"的人。

《中国青年报》记者骆沙用《送你一个长安，一城文化半城神仙》为专访标题，采访了词作者薛保勤，为我们展现了《送你一个长安》的创作背景：

日前，2011西安世界园艺博览会官方主题曲《送你一个长安》对外发布。

2007年9月，世界园艺生产者协会一致通过由中国西安举办2011年世界园艺博览会（以下简称"西安世园会"）。如今这座历史文化名城，将再次走到世界舞台中心。

经过长达4年的筹备，西安世园会逐渐拉开序幕。官方主题曲首发式当晚，4.2万名观众将偌大的体育场挤得水泄不通。作为歌词创作者，陕西省新闻出版局局长薛保勤却缺席了。因为工作原因，没能亲眼见证这一历史时刻，薛保勤一直觉得很遗憾。

在西安世园会开幕前夕，中国青年报记者采访了薛保勤，整个采访过程始终伴随着悠扬动听的主题曲旋律。薛保勤还不时地用手指敲击出节拍，头脑随音乐微微摇晃，仿佛进入了歌词的意境。

"这首歌词，原本是我保存在手机里的一段段文字碎片。"他回忆说。2009年春末夏初，从西安到北京，再返回西安，薛保勤在路途中度过了两个半天。"坐车、乘机、候机是很无聊的，

古城飞歌
——一个耐人寻味的文化现象

除非手头有事情可做。于是,我用手机记录了这些文字。"他说,这次远行之后,当他返回家乡时,一首由数段文字碎片组成的200余字的作品形成了。

"其实早就想写这么一件作品了。大约是3年前的四五月,我曾经读过一篇《给我一个江南》的小诗。寥寥几十行,便勾勒出了一幅空灵、秀美的画面。于是我想,也该为西安写一首诗,而且一定是全然不同的味道。"他说。

在薛保勤的脑海里,西安有一种特别的味道:她厚重、博大,有一点悠闲,还有许多信手拈来的文化气息。这里的人对历史有着与生俱来的熟悉和亲近感。

"我想送给世人的西安印象是:并不那么灵巧,却很大气。映衬着这种气质,在整首歌词里我最得意的一句还是'一城文化,半城神仙'。不过,我觉得句句都有'彩',而'彩'来自这座城。"薛保勤说。

"骊山烽火"、"唐风汉韵"、"李白杜甫"、"司马长卷"在短短数百字里,一个个熟悉的历史地名、人名和事件不时闪现。"这可不是卖弄,这是我们生活中熟悉的一部分。就好比北京人熟悉四合院,上海人熟悉小弄堂。"说到这里,薛保勤情不自禁地流露出西安人的"自豪感"。

起初,在作品完成后,他将其收录于将要出版的个人诗集《时间的碎片》里。"因为常年出差,我总习惯在旅途中,将一些文字碎片存录在手机里,渐渐地形成了一本书。但这只是自娱自乐,能被选为世园会的主题曲,完全是巧合。"薛保勤说。

今年3月初,本届世园会主题曲创作者甘霖正在为歌词创作一筹莫展。"一次偶然的机会,他看到了我创作的诗歌《送你一个长安》,觉得正是自己所寻觅的感觉。就这么阴差阳错,这首诗歌被选中了。后来他告诉我,一下子吸引住他的也正是我最得意的那一句。"薛保勤回忆道。

"其实,这座城市有太多值得颂扬的人和事,歌词只是从中截取了几个片段加以描述。我是沾了城市的'光'。"采访中,薛保勤始终在重复这句话。

4月28日,西安世园会将在西安浐灞生态区水畔开幕。这场以"天人长安·创意自然——城市与自然和谐共生"为主题的世界级盛会,试图将一个"人文、活力、和谐"的古城,展示于世人面前。"这正是西安最美的季节之一,欢迎大家来这里走走、看看。"临走前,薛保勤不忘发出邀请。

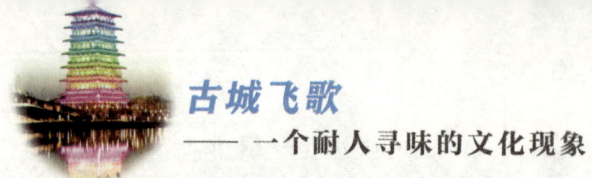

古城飞歌
—— 一个耐人寻味的文化现象

《送你一个长安》
新长安风释解并对话薛保勤

西安世园会系列歌曲一经推出，即受到广大群众的喜爱，并被业内亲切地称为"世园风"，更有人以"新长安风"冠之。此现象为近年来我国乐坛所罕见。

西安世园会系列歌曲一经推出，即受到广大群众的喜爱，并被业内亲切地称为"世园风"，更有人以"新长安风"冠之。此现象为近年来我国乐坛所罕见。

"新长安风"的音乐现象是借由世园会的契机亮出来的，但产生的土壤则早已具备。长安是中华文化的根，陕西人有独有的秦风秦韵，"新长安风"却不困守于这秦风秦韵。"新长安风"是一种文化上的延续，也是在传统的东西上面进行的创新，只有既关照历史，又注重未来，既珍视文化遗产，又珍视我们不断迸发的创造力，所创作的音乐才是具有生命力的。

　　"新长安风"的美，是一种契合的美，一种多因素完美结合所表现出的协调之美。

　　这种美，首先表现在历史感与时尚化的完美融合。其中历史感体现在歌词上，从周秦汉唐的长安，到现代的长安；时尚化则体现在歌曲立意及旋律的处理等方面，《送你一个长安》中第一段淡淡古筝的弹奏衬托，第二段长安鼓乐的澎湃荡漾和现代节奏的共鸣融合，火候掌握得恰到好处。

　　这种美，又表现在大气和委婉的完美融合。大气并非指那种普遍意义上的慷慨激昂，而是一种从骨子里流淌出的大家风范，是由文化底蕴决定的一种极具内涵的大气。也只有这样的大气，才容易被老百姓从心底接受，让人感到非常亲切。

　　这种美，还表现在长歌词和短结构的完美结合。从音乐创作的专业角度上，让歌曲朗朗上口，为快速传唱奠定基础。

　　"新长安风"的美，是一种传承之美，一种继承了民族音乐文化中的优秀基因所带来的纯朴之美。

古城飞歌
—— 一个耐人寻味的文化现象

《送你一个长安》的歌词，融合了诗经、唐诗、宋词等多种语言结构，既有4字句的庄重严整，又有8字句的勃发与动感，巧妙又极具语言美感。

著名文化学者肖云儒在谈到"新长安风"时谈到，"新长安风"概念的提出，对于陕西文化界来说有着非常重要的意义，通过这几首歌曲，在音乐理念上提出了"新长安风"的观点，这可以说是音乐文化的理性自觉。

一种风格的提出和追求，必须要具备几个前提：第一是要有作品，第二要有作曲家群体，第三要有理念主张。很多人觉得"新长安风"就是指周秦汉唐时代的文化精神。他建议："长安实际是一千多年前的中国文化符号，是中国新古典音乐的一个重要板块，我们不要只是关注历史上的成功点。"

到底"新长安风"是什么呢?肖云儒认为:长安人的社会理想是儒家的"有为主义",但生命理想却是道家的"无为主义",儒道互补,构成长安文化的精髓。

一首世园会的主题歌为什么能在如此短的时间内引起民间、政府和文化界的强烈认同和共鸣?它又触动了作为13朝古都的西安人的哪根神经?世园会为什么会选择它来推介西安?这首歌所表达的精神高度和空间如何去解读?

《送你一个长安》以灵动、跳跃的诗行,以不可阻挡的气势串起了古都长安的历史、文化、地理溯源,又顺理成章地把目光接续到现代西安的当下和未来,这背后又体现了词作者薛保勤对西安怎样的深沉情怀和诗意表达?

一首好的作品,一经问世会广泛流传,这既符合文化创造的规律,也体现了它的价值和生命力。

为了揭开这些谜底,就让我们看看《文化艺术报》特约撰稿人叶峰与《送你一个长安》作者薛保勤的一次对话:

《文化艺术报》:《送你一个长安》歌词很美、很有意境。在问世短短的10多天已引发了全城热唱。这首歌的确非常好听,您现在听到这首歌时是不是觉得特别的熟悉、亲切?《送你一个长安》为什么会选用"长安"这两个字?

薛保勤:是的,听《送你一个长安》有一种特殊的亲切和别样的好听。这毕竟是我和曲作者以及一批幕后英雄的劳动成

古城飞歌
—— 一个耐人寻味的文化现象

果。在我的电脑里现有5个版本,现在大家听到的只是其中的一个版本,应该说创作是非常认真的。选用"长安",是因为长安是中国一个独具魅力的经典。这种经典也可以说是两张神采飞扬的文化"名片",首先它是中国著名的历史文化名片,其次她是中国重要的、现代的教育科技文化名片。说它是历史名片,大家都知道周秦汉唐、十三朝古都,在中国历史上有多少影响中国的威武雄壮的大剧发生在这里,许多人耳熟能详的风云人物和历史事件也成长、发生在这里。这种经典意义在中国有着它的唯一性,有着它的不可替代性,有着它的制高性。另外,现代科学技术这张名片,指西安当今的发展日新月异、突飞猛进、绿色西安、人文西安有目共睹,尤其是教育科技事业在全国特色鲜明、独树一帜。现在,西安在中国的影响力和在世界的知名度进一步提升,它有着厚重的历史、强劲的活力。我们陕西人古道热肠,好客,给远道而来的客人们、给世界送一个长安这样的经典,合适。我是这么想的。

《文化艺术报》:就是送给大家两张名片,历史文化名片和教育科技文化名片。分属历史和现代,要送给世界这样一个长安。

薛保勤:对,我们的长安是有资格、有价值送给世界的。而且这个"送"是一种向世界的展示,是一种大气,有一种豪气,也是一种我们西安人、我们陕西人的自信。

《文化艺术报》：在歌词当中大家都公认"一城文化，半城神仙"这句最有味道，最有意思，著名评论家李星说这句是诗眼所在。他说：诗歌前半部分讲的是西安人文、历史文化，一句"一城文化，半城神仙"把整首诗歌都进行了概括和提升，尤其"半城神仙"对整首诗歌来说有超越性的意义，既是对西安深厚宗教文化的肯定，又是对西安人身上的文化气质、文化素养、文化积淀的一种肯定。这句神来之笔是如何得来的？这首诗让人感觉一气呵成，您能把创作的过程和大家分享一下吗？

薛保勤：为西安写一首诗，是早就有的想法。触动我的是我曾经在2009年的四五月间，在《人民日报》上看到的一首小诗，叫《给我一个江南》，这首诗写得很灵动，很柔美，也很哀婉，从一个侧面给了江南一种独特的美。我看完以后有一种冲动，我想江南好，我们西安更好，你是"给我一个江南"，我"送你一个长安"。题目就有了，自我感觉豪爽大气。后来在出差的途中，一直反复琢磨这个题目，用了一段时间字斟句酌，它篇幅不长，因为平时有很多公务，业余时间用手机时不时地添续一点，断断续续到最后定稿大概用了一个月时间。写好以后，2009年陕西省建国六十周年文艺晚会上，海茵和包志坚朗诵了，当时演出剧场效果不错。再后来《人民日报》就把《送你一个长安》刊登了。之后我又听说西安的一些文艺演出多次朗诵过这首诗，广播电台也播过，有许多次。我曾好多次收到短信，

古城飞歌
—— 一个耐人寻味的文化现象

说在朋友孩子的结婚典礼上,有人正在朗诵《送你一个长安》,我觉得挺有意思,作品能被婚礼仪式所接受,我想可能就是诗的最后"送你一个长安,给你一个祝福;送你一个长安,还有祥云一片!"取个送吉祥之意。这算是一个小花絮。这种认同也是对作者的鼓励。

《文化艺术报》:感谢您写出了这么一首好诗。《给我一个江南》里这样写道:"给我一个江南,一个芦花白了的江南……"这首诗哪些地方触动了您,和它的婉约空灵不一样,《送你一个长安》您希望带给大家怎样的感受?

薛保勤:具体的触动我一下难以表达。我只想转换一个表达视角,从给我到送你,展示一个厚重的西安、一个灵动的西

安、一个进取的西安、一个自信的西安、一个充满生机的西安、一个有着浓浓的人文情怀的西安、一个创造着现代文明的西安。西安有悠久的历史,但是不沉湎于过去;西安曾经创造了辉煌,但是不沉醉于辉煌,而是再创造辉煌。总之,把西安的精气神力图能够反映出来。

《文化艺术报》:"一城文化,半城神仙。""一城文化"指的是西安灿烂雄浑的历史文化,"半城神仙"能否这样理解:比如是指在鼓楼、在大唐芙蓉园、在曲江池畔,在大明宫遗址公园,那些来自世界和各地的游客欣赏风景、品尝小吃、参观文物时悠闲自在的神情,矗立在历史和现实之间,自得其乐,以及在这个城市生活的充满幸福感的市民?"半城神仙"是否是您对这个城市人的精神状态的一种描述?

薛保勤:"一城文化,半城神仙。"直观的、形而下的,这样的理解是可以的。我想,还可以从形而上来理解,西安人有他特有的神采、神气、神韵。神仙是一种状态,是一种境界,是一种修养,是一种追求,是一种情怀,是一种担当,在这个意义上去理解"神仙",可能更有意思。我们也可以从历史的角度看"神仙",长安的历史上曾有多少神仙啊!那可是光照千秋的。长安的今天又有多少神仙……

《文化艺术报》:我们把"半城神仙"可能理解成一种具体

古城飞歌
——一个耐人寻味的文化现象

场景,一些写地书的人,一些撩开嗓子唱秦腔的具体的人,您说是一种境界,是一种修养,是一种情怀,是一种担当,提升了我们对这首诗的理解。就像您前面说的那样,之前其实并不是专门为世园会去创作的主题歌,而是在工作之余有感而发的一首作品。那么这首诗是如何被选作世园会的主题歌的?它的出炉有什么样的经历?

薛保勤:《送你一个长安》被选为西安世园会的主题歌,对作者是一种奖励,也是对一个生在这里、长在这里热爱西安的西安人的奖励。我听说,世园会组委会一开始也请了一些词作家做准备,也写了一些歌词,但后来不是很满意。组委会最终选定了《送你一个长安》作为主题歌。当时,西安市委常委、市委宣传部长、浐灞管委会党工委书记王军同志直接给我打电话,告诉我要把《送你一个长安》作为世园会主题歌歌词,征求我的意见。我觉得只要对世园会有益,会全方位的支持。后来,王军同志和甘霖先生还和我就诗变成了词以后,如何围绕世园会的主题作一些段落和个别语言的调整,多次通话。西安市的同志们很重视这件事,我也积极配合。

《文化艺术报》:俗话说词曲不分家。甘霖先生是《送你一个长安》的曲作者,您和甘霖先生在合作当中有什么趣事吗?

薛保勤:甘霖先生很喜欢这首词,在此之前,世园会邀请他做世园会的交响乐。他在查阅资料的过程中就查到了《送你一个长安》。组委会确定为歌词以后，他高度认同。我们见面的机会很少，主要是电话和网络合作。歌词要把诗变成词，要围绕世园会的主题作一些段落和个别语言的调整。原诗"蓝田先祖、半坡炊烟，幽王烽火、天高云淡"，其中的"幽王烽火"，韩磊演唱的版本起初改成了"凤鸣岐山，白鹿驰原"，最终定稿为"骊山烽火、天高云淡"。这其中有不同意见，"骊山烽火"的承载更好一些，"幽王烽火"容易让人们想到周幽王烽火戏诸侯的故事，有同志说不吉祥。但改成"凤鸣岐山"，岐山又不在西安，经反复协商最终才拿了我的"骊山烽火，天高云淡"。"骊山烽火"一直从周朝延续下来，它承载的内涵更丰富、更厚重。再如，"西风残照，皇家陵园"，这一段删了，作为诗来说它是可以的，在回望历史的过程中，不仅仅是辉煌，也还有惨淡。历史从来都是由辉煌和惨淡构成的，只不过我们更多地习惯于回望它的辉煌。但是作为歌词来说，就把这段拿掉。甘霖先生是一位非常敬业、认真的艺术家，他做了四稿，有着"一根筋"式的执著，经常半夜凌晨给我发短信谈感想，对个别字、词，我们也有争论，但他尊重作者。我们合作得非常好。他做了五六种试唱版本，说他精益求精绝不过分。

《文化艺术报》：正是有了你们的执著才有了这么好听

古城飞歌
——一个耐人寻味的文化现象

的主题歌。著名文化学者肖云儒说自己对《送你一个长安》的原诗、歌词都曾反复品读过，有很多的感触。他认为，这首歌给人展示出长安文化的大气魄、大襟怀，"长安太需要这样一首歌来向世界表达古长安的历史文化；世园会太需要这样一首歌来表达新西安的胸怀，需要站在大长安、大文化、大历史的角度向世界发出声音。"这样大气魄、大襟怀的主题歌出炉以后，您有没有想过该由谁来唱，想表现出怎样的风格和气度？

薛保勤：起初就给甘霖先生建议过韩磊，希望有"向天再借五百年"那样一种气魄，不过由谁来唱，不是我的职责范围。况且我本身不懂音乐，觉得应该有种气魄，再加一点女性的柔美，可能会更好。当时是这么想的。我知道现在已有了多种版本，有童声，有男声，有男女声。我和肖云儒、李星老师平时都有一些交流。诗没发表以前，我就给他们念过，有一次参加评奖会休息时，我说给大家助兴，拿手机给大家念了《送你一个长安》，当时有位留学海外多年的学者朋友说，"一城文化，半城神仙"不行，说我们是唯物主义者，不能这么用。李星老师却说这是出彩的地方。我是赞成李星老师的，但听听大家不同的意见，会使创作更加完善。

《文化艺术报》：您好像比较在意普通老百姓对这首歌的反应。据我们了解，莲湖公园有很多老人在唱这首歌，年龄最大的77岁。一位姓王的市民说，他在积极地教大家唱这首歌，他拉手风琴，组织大家学唱，为世园会做点贡献。一位老奶奶说唱出了年轻的朝气，在公园里，学唱的老、中、青三代歌迷完全沉浸在这优美的歌声当中。

薛保勤：一个作品大家都说好，是对词曲作者的鼓励。它会增加自信，也收获一份喜悦。

《文化艺术报》：世园会马上就要开幕了，既让人自豪又让人紧张，这是一种主人翁的心理。您不仅是行政领导，也是文化学者，同时也是对世园会充满期待的市民，你最想在西安世

古城飞歌
—— 一个耐人寻味的文化现象

园会中看到什么？您认为西安可以给世园带来什么？而世园会的举办会给西安带来什么？

薛保勤：我们应该有这样的追求：世界不能没有西安，西安要为世界增色；西安曾经影响了世界，希望西安延续影响。从历史看，唐代西安人口过百万，有10多万外国人，要体现她的博大、包容、开放、厚重，这些元素在世园会上应有底色；从现实看，要体现她进取、生动、鲜活、时尚。另外，一定要围绕着"绿色、天人合一"的理念主题，展现一个文化西安、山水西安、科技西安。我发自内心地为西安近些年的发展骄傲。世园会要让世界全方位地了解西安，让西安走进世界，这样西安才能更多地引起世界的关注。这将是西安进一步腾飞，建立一个国际化大都市的绝佳机会和历史必然。毫无疑问，世园会对西安的未来将具有里程碑的意义。

薛保勤讲得真切实在，性格又坦荡豪爽，可以感受到他对西安的热爱，生命在于懂得，生命在于经历，《送你一个长安》何尝又不是坦然而充满浓情呢？

晴风雨气山光秀

　　一幅幅隽永悠然的画面,一幅幅如汉绢唐锦的图画,展现给我们的是《送你一个长安》的大气、凝重、柔美、空灵,是文化的景致和城市的和谐,更是山山水水的秀丽和永远的遐思。

《送你一个长安》
绿色自然理念之契合

如果带着寻找颜色的目光读《送你一个长安》的诗词版,诗人妙用语句的丹青点染,一幅幅画卷在面前层层展开,有泥土的黄色也有烽烟的血色,有残照的赤橙也有锦绣的青紫,有皇家耀眼的明黄也有兵刃凛冽的冷蓝。所用颜色全面而不繁冗,拙朴不工,其间独独未提绿色,却满篇尽是绿色。

绿色,是代表自然的颜色,代表和谐的颜色,代表圆融自洽、代表绿叶般勤恳奉献的颜色。《送你一个长安》要送的正是一个绿色的长安,一个"一城文化,半城神仙"的长安,一个勤劳奋进的长安。诗词意象中的五彩,在诗人与读者眼中,调和为一抹和谐自然的绿色。

"赤橙黄绿青蓝紫,谁持彩练当空舞?"如果说诗词也有颜色的话,毛泽东的这首诗词一句纵览七色,可谓是一例诗句描写颜色的典型了。这首包含七种颜色的诗句写于新民主主义革命阶段的第一次国内革命战争反围剿时期。如果细细读来,不屈的革命激情与斗志充盈其中,诗词的意象是壮美的红色。

古城飞歌
——一个耐人寻味的文化现象

如果带着寻找颜色的目光读《送你一个长安》的诗词版，诗人妙用语句的丹青点染，一幅幅画卷在面前层层展开，有泥土的黄色也有烽烟的血色，有残照的赤橙也有锦绣的青紫，有皇家耀眼的明黄也有兵刃凛冽的冷蓝。所用颜色全面而不繁冗，拙朴不工，其间独独未提绿色，却满篇尽是绿色。

绿色，是代表自然的颜色，代表和谐的颜色，代表圆融自洽、代表绿叶般勤恳奉献的颜色。《送你一个长安》要送的正是一个绿色的长安，一个"满城文化，半城神仙"的长安，一个勤劳奋进的长安。诗词意象中的五彩，在诗人与读者眼中，调和为一抹和谐自然的绿色。

送你一个自然的长安，诗人对绿色的追求，表现为《送你一个长安》中对自然的歌咏和对回归自然生活的倡导。"秦岭昂首"，既写出了秦岭风光奇秀的地域特色，更点出了这浩瀚的自然宝库与长安紧密的物质与文化联系。

秦岭昂而为首，俯瞰面前的关中大地，抚育了怀抱中的古城长安，秦岭是中国地域划分的分水岭，其中物种繁多，资源丰富，数千年来养育了一代又一代的三秦先民。

秦岭昂而为首，面对苍天，气概不凡，与三秦文化有着密不可分的联系。秦岭脚下的三秦人民勤恳朴实而坚忍不拔，努力利用自然却又真心善待自然，数千年来，长安人敬仰而不畏惧秦岭，开发利用而不破坏秦岭的长安精神，被作者薛保勤的这精美且隽永的诗句抒发得淋漓尽致。

"泾渭波澜",写泾河渭河的奔流不息,造福人民。作为黄河的支流,泾河渭河就如两条玉带,紧紧绕在黄河身边,呈一泻千里之势。八百里秦川,因为有了这两条河的浇灌,才有了肥沃和丰收,先民们才得以在此繁衍生息。泾渭水清微澜,造就着两岸人民的幸福生活,见证着生生不息的土地。

作者告诉世人,我们长安城千年来不仅有伟大的王朝,灿烂的文化,这里也有山有水,这里的人民世世代代与山水相依共存,从未分离。"灞柳长歌,曲江情缘"就是这样的一份追忆。

长安著名八大景观中,有一景为灞柳风雪。自古以来,此处谱写印证了无数人们送别分离的委婉之曲与优美画面。杨柳依依,折枝对语,几分惜别,几分不舍,都寄托在了灞桥的柳

古城飞歌
—— 一个耐人寻味的文化现象

枝上。

　　曲江位于西安市南郊，是汉唐时期的一座景色优美的开放式园林，曲江池两岸多建有云台亭榭、宫殿楼阁，栽植了种种奇花异草，是汉唐时自然美与人文美的巧妙结合。"三月三日天气新，长安水边多丽人。"每到春秋两分和重要节日，长安人多会到此游赏，樽壶酒浆，笙歌画舫，宴乐于曲江水上。优美的环境、丰富的人文气息，也吸引了大批文人雅士吟诗作画。

　　在浐灞与曲江，自然美成了古人抒发情怀的寄托，无论是离别的情谊还是聚会的欢乐，长安的人们把生命中最重要的两种感情都寄托于自然的美景。"灞柳长歌，曲江情缘"，作者巧妙地对仗，仿佛暗暗地诉说，自然与人文的和谐，从来都是长安精神的一体两面。

　　在今日的西安，人们多措并举，生态重构，先后建成了一大批生态基础设施项目：将秦岭水系引至曲江遗址公园、大唐芙蓉园、兴庆湖、护城河、团结水库等，形成连续串联运行模式，使涓涓细流穿城而过，变"八水"绕城为"八水"进城；恢复再造了广运潭、曲江南湖、曲江流饮等历史文化景观；全面启动了渭河城市段22.2公里综合治理工程，"一河清波，两岸绿色，鱼翔浅底，鸟语花香"的城中河正在显现。"'东有浐灞广运潭、西有沣河昆明湖、南有唐城曲江池、北有汉城团结库、中有明清护城河'的水系新格局，使得西安成为拥有'大水面'的西

古城飞歌

—— 一个耐人寻味的文化现象

晴风雨气山光秀

93

古城飞歌
—— 一个耐人寻味的文化现象

部山水之城。"西安市水务局局长杨立说。据统计,西安已建成各类水面面积近4万亩。

在曲江新区文化的制高点的建设中,一个大唐芙蓉园的横空出世,一个让人津津乐道的大雁塔广场展现在我们面前,作者薛保勤借古咏今,更表达出对曲江复活的赞叹。

也许是巧合,2011年世园会的地址也选在浐灞,这是神会的结果,可说是天作之合。作者薛保勤在对古风的凭吊的沉思中,又多了对古今自然理念传承的一份思考,长歌一曲,满目的绿树红花,又是谁把相思寄存!

送你一个绿色的长安,诗人的自信源于诗作中的绿色与现实中绿色的完美重合。2011年4月28日,享誉全球的世界园艺博览会在千年古都、历史文化名城西安举办,这是继1999年昆明、2006年沈阳之后,在中国举办的第三届世园会。

在西安,人人都是绿色使者。人与自然和谐相处,用"绿色行为"经营"绿色生活",已经成为西安市民的时尚追求和生活理念。

在西安,绿色成为流行色标。"灞柳飞雪"正当其时,"曲江流饮"已成现实,文人骚客们曾经反复吟咏的"八水绕长安"胜景,也在悄然回归。道路两侧的常绿植物,护城河里的清澈水流,街道边的片片绿地,公园内的啾啾鸟鸣……黄土地上的青砖古城,处处充满着春的活力。

"掬一城山水绿了人间",这个"掬"字的形态跃然纸

晴风雨气山光秀

上,勤劳善良热情好客的长安人,用双手捧起一城山水,捧起敬重与虔诚,洒出一片人间绿意。在这一句中,作者有意识地把"绿"的动作形象化了,生动地概括了西安对绿色建设的热情。

在西安,绿色观念不仅深入人心,大家更是争先恐后地建设绿色。修建南三环,雁塔区主动投资2亿多元,在辖区内围绕三环修建了长6公里、宽50米的景观林带;灞桥区自筹资金近3亿元把浐河和灞河间堆积了多年的垃圾清理一空,建成了风景如画的滨河公园;未央区不要市里一分钱,一口气建成3个绿化面积达1万平方米的广场……

在西安,以推广绿色新观念,倡导"绿色意识"、"绿色行

古城飞歌
—— 一个耐人寻味的文化现象

为"、"绿色心灵"的"创绿工程"已经进行了 10 年。绿色幼儿园、绿色中学、绿色大学、绿色社区、绿色企业、绿色医院、绿色饭店集中连片,绿色村庄、绿色机关、绿色军营相映成辉。在西安,身边的这一抹绿色也已经由点连成片。

在西安,人们叫响了"让森林走进城市、让城市拥抱森林"的口号,开展起"绿满西安、花映古城、三年植绿大行动",以城市公园、街头绿地广场、道路绿化、社区绿化建设为重点,基本形成了"点上绿化成景、线上绿化成荫、面上绿化成林、环上绿化成带,点、线、面、环相衔接"的综合绿地系统。6 年来,新增城市绿地面积 3400 多万平方米,新增街头小绿地广场 339 个。全市道路绿化普及率达 100%,道路绿化达标率 100%。截至 2010 年底,西安市建成区绿地率达到 31.99%、绿化覆盖面积达到 40.43%、人均公共绿地面积达到 9.5 平方米。

有山有水的长安,有山有水的世园会,特色的中国文化,特色的中国园林景观,独特的外国景致,都能够在世园会里欣赏到。游人们登塔赏花,为的是一份心静,为的是一份审美,自由与和平,心旷神怡的感觉,别是一种漫步园林的情趣。作者有感于斯,以"古都花开,春满家园"的联句,表达了他的欣喜与欣奋,表达了他对古都西安翻天覆地变化的浩叹。

古都花开正盛,西安世园会的五大景点,正是诗人绿色心境的一次精彩实践。

"长安花谷",用不同色彩的花卉描绘出"天上"景观,展示

晴风雨气山光秀

古城飞歌
—— 一个耐人寻味的文化现象

出从古至今人们对"天"的认识与想象,有一种朦胧的神秘感;

"五彩终南",表现秦岭千峰叠翠,逶迤壮丽的景色,其图案用无数的鲜花植物组成,独具特色;

"丝路花雨",则利用花卉、绿雕、广场等元素,展示丝绸之路的灿烂文化和悠久历史,耳畔响起的,是驼铃声,是马蹄声,是和平使者的笑声,是开创者久久不息的歌声;

"海外大观",是以庄重典雅、瑰丽多彩的欧洲园林为主,集中展示各国、各地区的园林园艺,奇花异草,端的是风情万千香满园;

"灞上彩虹",表现出水与花树相辉,花柳映波,精舍临水,好一幅人与自然和谐共处的美丽画卷。

"春满家园",也是作者对未来家园的一种深切期待。联想

晴风雨气山光秀

古城飞歌
——一个耐人寻味的文化现象

起世园会的四大标志性建筑,以及广运门、长安塔、自然馆、创意馆等等,虽然内容表现各不相同,但都默默地表达了西安人民对"春满家园"的真切期盼。

作者薛保勤所思索的家园,是对远古的追思对现代的认可对未来的寄托的家园,是天人合一的家园。广运门由踏步、水景、方块式园艺花卉造型组成,与长安花谷浑然一体,气势恢宏,场面宏大;十三层的长安塔,既有隋唐方形古塔的神韵,又增加了时尚的现代元素,是绿色建筑技艺的一次完美展现,是生态建筑的一次实践与示范,成为提升西安城市建筑文化内涵的标志性建筑;自然馆"王"字型的建筑布局,象征古都西安的王者之气,青铜金属、石材及花园式种植尾面等不同饰面的无规则衔接处理,形成了错落有致、内涵丰富的艺术效果;创意馆里,一股新鲜空气扑面而来,展示了地球上不同地域、不同气候带的珍稀植物及生态景观,在此体验"一室不同天"的奇特感受是最妙不过的了。

建设美好家园的憧憬,是西安人民通过兴办世园会所表达的情感,也是作者通过《送你一个长安》所流露出的心声。春满家园的美好愿望,在这里形成了共鸣。薛保勤对世园会有深深的喜爱之情,他感慨于西安古城的博大精深,感慨于世园会的整体布局,在诗歌作品改为歌词时,他为把词意的内涵与世园绿色、时尚、健康的主旨统一起来,对于诗歌中的字、词、句进行了精雕细琢,有几处进行了细致的调换,每一节都是经过

晴风雨气山光秀

古城飞歌

—— 一个耐人寻味的文化现象

深思熟虑而成的,使世园会的氛围和词作氛围形成共识,传达了共同的绿色理念。

在阳春三月的广运潭,借一缕《送你一个长安》的诗情,体验春来杨柳千丝荡绿波,秋来蒹葭苍苍水天茫茫的景色之美,品味杨柳岸晓风残月,古人折柳灞上,赋诗送别的情景,真是人生的一大乐趣啊!

送你一个和谐的长安,诗人对绿色的追求,更深化为对和谐生活方式的推崇。豁达的西安人,用他们的生活方式,关心着西安世园会的前前后后,又用他们优雅和休闲式的生活态度,不与人争的处世方法,快快乐乐地居住在西安城。薛保勤用一句"一城文化,半城神仙"的精妙之语,高度概述了西安人民重视文化与生态建设的生活理想以及和谐的生活状态。世园会里的绿色文化、环保文化、建筑文化、时尚文化,不但使西安人民的智慧和创造力、凝聚力得以发扬,给了世界一个不同凡响的世园会,也与西安人民的文化精髓不谋而合。

世园会以"天人长安·创意自然——城市与自然和谐共生"为主题。世园会会徽和吉祥物是"长安花",会徽以自然花瓣为构型,组合而成一个富有东方神韵的"百花吉印":三角形如汉字"人",体现以人为本;四边形如西安古城,象征和谐人居;五边形形似五星,体现中国特色;六边形代表包容一切的自然环境。从三到六自然递进,体现了人、城市、自然和谐共生。

古城飞歌
—— 一个耐人寻味的文化现象

西安世园会的举办,展示了一个城市和谐的生态美。在西安,决策者们一致共识:"同顶一片蓝天,同吸一种空气,同饮一河清水,同享一城绿色。还有什么比生态建设更让百姓受益?不分男女老幼,不管富贵贫贱,生态建设是涵盖全体人民的民生工程,也是落实科学发展观最具体的体现。"

西安世园会的举办,展示了一个城市旺盛的生命力,展示了西安文学、艺术、音乐、哲学的发展与繁荣。在大雁塔的广场文化,碑林的古街文化,文艺路的时代文化等地,则现出了文化的高度与广度。文化是城市知识结构的重点,古都西安的文化大发展大繁荣,让西安人民受益无穷。

人性之美在于善,在于从善与行善,世园会里的诸多能够给人愉悦的花草,实际上是把善念转换给了人们。亲吻泥土的芳香,与各类动、植物和谐相处,这就是我们一代人顺应生态发展的至善。

薛保勤写《送你一个长安》,正是抒写这样的一种博爱的意识。从远古到当今,从"蓝田先祖"到"长箭揽月",作者以宽宏的社会发展视角,唤醒人们内心的大气与博爱。世园会所表现的自然与和谐共生的意境,正是在这样的一种历史沉淀下的总结与自省。"采些许诗意观照明天",此情此意,意蕴由生。

送你一个勤劳奋进的长安。作者对绿色的追求,表现在对绿叶般勤恳奉献精神的实践。保护自然不代表躲避自然,生态建设不代表屈从于自然的力量,与自然和谐相处

晴风雨气山光秀

不代表做自然的奴隶。"蓝田先祖,半坡炊烟",原始社会生存的不易并未使我们的祖先低头,"炊烟"所代表的劳动的价值就是作者对我们与自然环境和谐共生、合理开发、共同发展方式的思考。2011年西安世园会"天人合一"的理念就是对这一思想的实践。

西安世园会主会址广运潭,位于史称"灞上"的浐灞之滨,是我国古代主要港口之一。盛唐天宝年间,唐玄宗曾在此举办了大规模水运博览和商品交易会,展示了唐代商贸的发达和水运的畅通,创世界博览会之发端。时至今日,港务区的繁兴与世园会的美丽相互映衬,相得益彰。

在西安,生态建设不仅改善了城市的环境,而且也给市民带来了巨大的经济效益。古汉城遗址内,由于不能进行大规模

古城飞歌
—— 一个耐人寻味的文化现象

的建设,当地农民收入长期徘徊不前。大绿工程在这里种植了上万亩桃园,春天桃花灿若红霞,夏季鲜桃果实累累,每亩的产值都在 5000 元左右。几年来,未央区每年都举办桃花节,带动了桃园地区农家乐的兴起,居民收入不断提升。

西安是一座古与新结合的城市,是历史文化与文明建设结合的城市,是倡导绿色与先进科技结合的城市。

2011 年的世园会,在"天人合一"理念的指导下,规划建设中处处体现了人与自然的和谐相处,更体现了在不伤害环境的前提下人们对美好生活的追求。诗情画意的园区里,不但展示了生态文明建设成果,也展出了当今世界上生态、节能、环保方面的最新技术、最新理念、最新材料,让人们充分了解和切身感受到当今世界的生态环保理念和先进科技成果的密切结合,倡导了绿色而又美好的生活方式。

西安世园会是诗与画的绝妙结合,薛保勤的《送你一个长安》也是如此。在绿色理念的共鸣中,《送你一个长安》给世园会带去了更时尚的内容。

《送你一个长安》
之昭示传统与对当代文化的影响力

《送你一个长安》一经问世，就立即在民间生活中被广泛地传唱，在三秦这块沃土上形成了极强的文化影响力。这一现象，在历史文化的传承与先进文化的传播方面，堪称极为成功的典范，有着宝贵的借鉴意义，非常值得深入研究。

诗歌作为人类精神的永恒追求，作为人类智慧和情感的宝库，千百年来，它给人以宣泄、以抚慰、以修补、以滋润，它已成为一个民族成长发展的重要组成部分。恰如薛保勤在回答"什么是诗"时所说："只要是发自灵魂深处的吟唱，这种吟唱是真实的、是美的、是动人的，是能够与心灵碰撞并产生共鸣的，就是诗。"

从文化传播的角度来说，《送你一个长安》，一方面，得益于作者对长安文化的深入理解和剖析，另一方面，在文学界备受推崇的是作者自然流畅的表现形式。两者互为依托，使作者真挚的感情，经诗作这一载体表达出来，直抵人们的内心，从而在社会上产生了极大的情感共鸣，获得了突出的传播效果。

《送你一个长安》，让人耳目一新的，是其自然流畅的表达

古城飞歌
―― 一个耐人寻味的文化现象

形式。诗歌作为《送你一个长安》的文学载体,作者并没有简单单纯地为诗而赋,更没有刻意去追求表面上的改变与简单的新颖,而是在诗中自然地引入了一座古老城市历史中一个个不同角度的横截面,并以"送"入手,将千年的文明和历史串联起来,既微观细腻,又宏大悠远。

从远古时代传递着渔猎文化信息的咿咿之语,到魏晋时对仗工整、声律铿锵的骈俪文,到唐朝时集大成的诗歌与散文,宋词、元曲的一脉相承,文化随着社会形态不断发生着变化,诗歌的情感表达方式也不断创新。

《送你一个长安》,就是这样契合新时代风貌的一个自由体的诗作,然而这自然而娴熟的吟唱,绝非简单。作者用手机将时间的"下脚料"(碎片)利用起来,在繁忙的工作之余,即兴在手机上积累而完成《送你一个长安》。这就像古人诗兴袭来提笔泼墨,写在墙壁上一样,颇见性情、灵动、率真,保存着诗歌本真的原生态信息,并在屏幕上扎下根来。作者把这些"拇指时代"的诗行称作"时间的碎片",像块块汉绢唐锦随风飘扬,化成朵朵云彩,盘桓在作者生活的古都长安,又被诗歌的风吹向故乡,吹向五湖四海,吹向世界,开始了精神的漫游,画出了一条充满诗意的人生轨迹和心路历程。

中国的民族文化从古至今,绵绵流长。从祭祀到劳动号子,从宫廷文化到民间文化,一条文化发展的路子一直向前延伸着。汉族有汉族文化,各少数民族有各少数民族的文化,地域性民族化的文化特色,主导了各民族的文化语言和舞蹈语汇,形成了一个庞大的推动社会历史进展的文化体系。

长安作为唐诗伟大的诞生地,飞鸟遗音,作者薛保勤正是得此给养,油然而生诗情画意,一种气度和胸襟。

长安文化是独特的地域文化,周鼎与秦砖,汉瓦与唐诗,丰盛的历史文化历久弥新,形成了大文化的底蕴;长安文化是独特的民族文化,西周的神采,秦汉的气度,隋唐的风韵,无不独具品性风骨。"从'秦关暮霭,唐风汉韵',到'钟鸣盛世,祈福长安',从'楼观台道家派流'到'法门寺佛骨舍利',从'海棠汤地'的沁人肌肤到'秦岭山水'的秀美生态,从周镐京、秦阿房到汉都、唐城,从周代制礼作乐的文明、战略七雄逐鹿中原的较量到秦皇汉武开疆拓土的雄风、贞观开元气势如虹的盛境

古城飞歌
—— 一个耐人寻味的文化现象

……无不成为一种象征、一种意境、一种吸引力。"薛保勤以他的见识与智慧，和他广阔的胸襟，使他对长安文化的理解品味独具。

薛保勤对长安文化的热爱和继承，使他的诗具有浓郁的秦风汉意，隋唐气象，境由心生，意从情出。文风带着时尚的新意，文义带着古朴的质感，使人更有别样的一种晓畅。

古人讲诗画合一，在《送你一个长安》里，一草一木不仅有思想，还有浪漫主义的花和叶。不仅有高度的概括、闪电飞云般的句式，还有情景交融的美丽的梦境。

古人讲诗以咏怀，在《送你一个长安》里，还体现出一种明亮向上、充满美好希望的大爱。薛保勤说过："人类从来就有向上、坚韧、光明、乐观的品质，这种'天性'，应该成为我们面对苦难的精神底色。"在《送你一个长安》里，暖色成为主色调，人的内心不仅有灯盏，而且具有不可磨灭的发光的本色。理想主义的火把，成为这首诗作的一大亮点，照耀在字里行间，这些温暖的簇簇小火，抚慰着冰冷现实中人们疲惫的心灵。

古人讲诗以言志，在《送你一个长安》里，对当代知识精英们"心怀天下"、"先天下之忧而忧，后天下之乐而乐"的思想抱负分析得自然而透彻。最终聚焦于新西安人的人格气质绝不是"木讷"、"保守"，更不是"夜郎自大"；新西安人不仅有着"自信"、"从容"的气度，而且"清醒"并拥有无尽的"活力"。

秦岭的山山水水在诗意的光与影中，有了作者灵魂的温度、情感的升华。使《送你一个长安》厚重又飘逸，见禅见理而抒情，琅琅上口，在一种音乐的节拍中，行云流水，云舒云卷般地展开闭合。

从浩如烟海的古诗词中羽化而出，最忌陈词滥调，把古人绝句珠玑一一堆积，变为己物，看似得意实为拾人牙慧。这与对西方诗歌的"拿来主义"一样也是误入歧途。更何况许多诗词古意、语言背景已时过境迁。诗人不应在形式上甚至语言中盘根据点，而应挖掘灵魂深处的火与光，深入事物的本质，融化客体、表象为玉液琼浆，自然而然就能形成属于自己的独创性诗歌。就像李白呈现诗歌的气度，无论是仙风道骨，或是浩然之气，都事关诗歌的成败；杜甫则像是火焰一般，灼热、沉郁、滚烫，像赤子之心，感花溅泪，目鸟惊心。因此，诗歌气质的养成，同样也需要有宏阔的历史背景和思想的深入。

历史的大背景，文化的大背景，文明的大背景的链接，是薛保勤的学问所致。《送你一个长安》所具有的巨大文化影响力，与之在历史文化上的传承是分不开的。深远的历史文化图

古城飞歌
—— 一个耐人寻味的文化现象

解,也是他在天然的光与影的世界里,给根植于我们灵魂深处的那份古朴的一道真切的关照。

这些时令的新篇,更有一种晓畅,一种古风。在他笔下,新诗和传统有了和谐的乐章。"传统文风的诗歌形式和新诗创作的诗歌形式,在薛保勤的微观世界里,是一个不可分割的文学整体。他诗歌的描写对象和文本特色,是沾有了许多古韵的艺术格局和当代文化汇合而产生出的精神财富,于他是文学创作上的一大进步"。

《送你一个长安》被西安民众赞美与推崇,为世园会"绿色引领时尚"的主旨赋予了更为时尚的内容,是西安人民本着包容开放的态度,以世园之姿欢迎世界各地人民,让人们读懂西安,热爱西安,追捧西安,把西安文化和历史的精粹传播开,把西安人的自信豪迈传播开去的最佳媒介。

晴风雨气山光秀

《送你一个长安》与陕西人精神

"爱国守信、勤劳质朴、宽厚包容、尚德重礼、务实进取"的陕西人精神,一直推动着陕西的城市建设和新农村建设,并提升了陕西人的文化品位和文明品质。《送你一个长安》里的陕西人精神,就显得尤为真实可贵了。

陕西是一个充满神奇充满浪漫富于想象力的地方,不但有着丰富的历史文化和历史文明,而且有着浓郁的地域风情和陕西人坚定不移的性格品质。

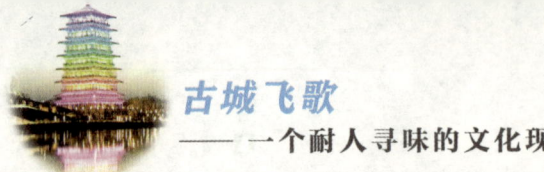

古城飞歌
——一个耐人寻味的文化现象

千百年的社会发展中,陕西这块土地上经历了无数次的变迁,有着英雄般的史诗和红色革命的传奇,更涌现出了一大批革命的英雄的人物,以及无数可以载入史册的感人肺腑的故事。周秦汉唐,辉煌千古,演变着历史发展的必然,也演变着社会发展的复杂矛盾与沧桑变迁。

陕西这块土地因岁月风韵而注定了他的伟大与包容,陕西人民因生于斯长于斯的豪迈而注定了他们坚韧不拔的秉性和积极乐观的态度。

时至今日,在社会主义新时期新阶段的发展前行中,陕西人以着兵马俑式的威武开创着陕西政治、经济、文化、科教等的未来方向;以着爱国守信、勤劳质朴、宽厚包容、尚德重礼、务实进取的精神风貌,为城市建设种植着一片片绿,为农村建设种植着一株株草,为陕西整体规划建设种植着一棵棵大树。

从地域划分的区别来看,陕北人直爽刚毅,关中人热情坚定,陕南人灵动儒雅,他们共同组成的三秦人,构成了一个向着外界昭示陕西形象的文化符号。迎四方宾客,纳五湖朋友,是陕西人共同遵守的道德信条和生活操守。大秦岭巍巍山脉,山在云雾间,山又是连着山,大秦岭绿树成荫,自然条件优越,地下资源丰富,大秦岭的脊梁上,辉映着陕西人坚强独立,勇敢智慧,自我奉献,敢于面对一切的性格投影,在中国地域的版图上,陕西人占据着中心、原点之地,更有着广为传颂的陕西人精神。

《送你一个长安》的作者,把陕西人精神放到一个艺术的高度去进行了概括。借诗而抒情,用情感的意识层次,总结出陕西人自强不息的性格。视野更为宽泛,视角更具穿透力。作者笔下,写出了陕西这种古风厚重的社会文化性质,作为陕西人所具备的受教育程度和知识结构的形成,更是当今社会所需求的精神品质;并以古今陕西人身上所具备的独特性,来描绘出人类发展的进程与当代文明价值。

一句"蓝田先祖,半坡炊烟",展示出一幅原生态的画卷,让人们缅怀于人类由猿变人的艰难进化,以及陕西人为人类社会文明所做出的贡献;

一句"秦扫六合,汉度关山",展示出一幅历史发展规律的画卷,让人们在风云际会和战争的血雨腥风里去聆听马蹄声,感受宏大的战争场面。秦始皇定都陕西咸阳,实行统一,陕西人为此做出了贡献。至于汉民族和历朝与少数民族的融合,目的是促进社会前进,陕西人也为此做出了贡献。

时光流逝,唐朝的繁盛年代,可谓"锦绣斑斓",陕西人作为主体在长安城居住、繁衍、发展,为唐时代及以后的经济、文化的社会发展做出了贡献。陕西人这一人类群体中的个性结构,在《送你一个长安》的作者看来,属于"神仙"式的自由与飘逸。他托长安为契点,用"一城文化,半城神仙"去衬托千载时光与现代化高科技发展中的西安城,在"掬一城山水绿了人间"的境地中,产生出对陕西人的崇尚和敬佩之情。"神仙"的

古城飞歌
——一个耐人寻味的文化现象

116

诗眼，高度集中了陕西人对生活的洒脱和对世情演变的态度。自然平和的、乐于助人的、勇于开拓的性情表现，正是长安人亦或陕西人真实的生命状态。

作者用一条厚重的引线，寄理于情感的抒发中，把陕西人的精神风貌，通过历史的现实的关联体系映射出来，让人在读懂陕西人品味陕西人的同时，留下他们的惊叹和赞誉。陕西人代表着华夏民族社会发展的象征，在属于自己神奇的土地上，继续书写着一腔豪情。

爱国守信是陕西人精神的力量中坚。从古至今，陕西人在社会统一和民族统一的问题上，始终以人民利益为重，始终以维护国家健康发展为重，以国为家；每当国家处于危难之中，总会挺身而出，报效于国家。

那一份苍天可鉴的爱国情怀，实际上可溯源于陕西人秉性中的诚信可靠。所以作者感慨万分，他以历史沿

古城飞歌
—— 一个耐人寻味的文化现象

革的叙述,去审视陕西人爱国守信的优良品质,由衷发出"沿一路厚重走向久远"的生命寄托。

勤劳质朴是陕西人性格与生活的真实反映。黄土地的农耕文化,塞上大漠的游牧文化,巴楚山地的山水文化,交织辉映,铸就陕西人纯朴善良的心地,勤劳本分的特点。耕耘土地,种植粮食,不计较太多的得失,保持着质朴善良的陕西人品格。凡陕西人,似乎有着约定俗成的规定,自然而然地把勤劳质朴的优良作风一代代地继承了下来,形成了一种传统。诗作者薛保勤借以"李白杜甫,司马长卷"的意识观照,把陕西人的勤劳质朴放飞在"古都花开,春满家园"的现实情境里,还原了一个历史与当代交融的对陕西人性格描绘的真实坐标,勤劳是勤劳者的天空,质朴是质朴者的土地,真实可感的憨厚老实的陕西人形象跃然于纸上,给读者以心灵的感触。

宽厚包容是陕西人的一种胸怀境界,有着海纳百川的大气势。陕西人天生的大开大阖的脾性,对待不同的人和事,采取着不同的对待方式,而宽厚包容则是不变的基础与底线。用宽厚的性格包容的胸襟,迎接着四方来宾,对一些所谓的小事小情,并不计较在意,而是以宽厚的心情化解纠纷与矛盾,使对方折服。人性的品格取之于包容万生万物的天地山水,陕西人具备着大气度大开阔的性情走向。作者用"秦岭昂首,经渭波澜"的风云气度和自然山水的气度,表现出陕西人的宽厚包容。

《送你一个长安》昭示给人们陕西人宽厚包容的性格,是跟陕西这块特定的地域环境有关的,文化的厚重与人文精神及情怀的浓郁,奠定了宽厚包容的精神支柱,不管是对自己、对家人、对朋友、对陌生的人,这种生活中宽厚包容的陕西人,最让人感动。作者写蓝天写祥云,实际上是对宽厚包容作了更明确的阐解,可谓独具匠心。

　　尚德重礼是陕西人内在的情操所修为,是集几千年薪火相传而悟得的人生路径。中国自古讲究于"仁、义、礼、智、信",要求做人的基本是对长辈孝顺,对朋友真诚,对领导尊敬,对能人敬仰,对家人信任,对子女疼爱,对社会对国家要有责任心。陕西人因为历史背景、文化背景、文明背景的渗透,自小便耳濡目染有了尚德重礼的品行。德是衡量人的思想心灵品质的重要标志;礼是一种外在的精神实质,往往含蕴在谦和谦虚之中;以德服人,以礼服人,是陕西人恪守的生活信条,于是生活的质量和幸福指数就高。在《送你一个长安》里,作者纵横驰骋,古今对应,用"灞柳长歌,曲江情缘"的双重含义,推及了陕西人尚德重礼的优良传统美德;他用审视的目光,感知了陕西人品德与礼仪同行的发展轨迹。在新的时代感召下,尚德重礼的风气将会继续弘扬,继续其文明价值的实现。

　　务实进取是陕西人对待生活和生命本质的一种态度。从上古到远古到现代到当代的几千年的社会发展中,陕西人总是用平和的心态和务实的作风对社会进步做着不懈之努力,

古城飞歌
——一个耐人寻味的文化现象

脚踏实地,兢兢业业,一步一步地往前走,为的是建设更美的家园,换取更和谐的社会安定。尤在当代陕西科技发展达到新阶段新领域的今日,陕西文化大发展大繁荣的今日,陕西人务实进取的生活风尚就显得更加珍贵。作者才思敏捷并心有所思,用一"绿"字,表达出对陕西人务实进取的时代精神的赞颂,他把一城山水的景象延伸到"人间",把一片蓝天的景象延伸到"神仙",是感应之举,是对陕西人的这种平民式的生活场景所作的总结。开创性、开发性、开拓性,陕西人爱着脚下的土地,爱着生存的家园,爱着花草树木,务实进取就成了他们最本质的生活景象。

  每个地方有每个地方不同的风俗习惯和生活方式,陕西这块地方是厚重与文明相伴,品德与文化相生之处,曾经是我国政治、文化的中心,现在是西部大开发的重镇。三十多年的改革春风吹遍了陕西大地的角角落落,为城市的新建设大规划和新农村建设注入了鲜活的血液,让陕西这一西部强省前进的步伐,变得更有力、更自信、更加充满激情。陕西人用他们独有的生活理念,去创造文明,创造财富,他们这种精神的形成,正如在《送你一个长安》中作者所描绘的那样,是从古代的社会形态一级一级跨步到当代社会形态,最后定格成"一城文化,半城神仙,古都花开,春满家园,绘一片蓝天还有祥云一片"的最准确的对陕西人精神的肯定。

  作者是从精神的层面上给予陕西人高度的评价,包括对社会对民族的一种精神关照。作为陕西人中的一分子，作者是深感自豪而骄傲的；而作为能用诗歌形式去歌颂陕西人的精神，作者也是深感自豪与骄傲的。

陕西人精神决定着陕西各个城市发展的动力取向和文明建设取向，善良真诚、大方热情、心胸宽广的陕西人，永远会沿着时代发展的轨迹，去开创自己的生活模式，开创自己的精神世界。推动科学发展、富裕三秦百姓、亮出陕西人精神、全面建设西部强省，正是作者在《送你一个长安》作品中进一步的殷殷期待。

对于中华民族来说，陕西是文明历史和人类历史的发祥地；对于中华大地而言，陕西是南北气候划分的分水岭；对于性格特征而言，陕西是传承与不断进取的象征。陕西人精神贯穿整个人类文明史。在《送你一个长安》中，作者也是用这样的脉象规律去讴歌陕西人精神的。

当今社会，社会价值取向的多元化和文化价值的多元化，使得人们的思想认识和认知结构都发生了巨大的变化，一些新的思潮碰撞并与传统意义上对道德礼教的遵守产生了对立。我们倡导民主、自由、活泼、开放的城市环境，需要的最根本的价值乃是人性之美。因此，道义和礼义的传统观念永远不能被抛弃。只有保持着维护着陕西人精神，三秦大地的百花才会争艳得更加灿烂；也正如作者诗中的"古都花开，春满家园"，会永远弥漫于陕西这块古老又年轻的土地。

古城飞歌
—— 一个耐人寻味的文化现象

《送你一个长安》的社会价值取向

《送你一个长安》在陕西乃至全国社会的各个层面,都赢得了广泛的传唱和普遍认可,取决于诗歌切合人民大众的审美取向和中国文化艺术工作者贴近社会的优点,以及符合先进的社会价值观。

我国诗歌发展到当代,进入了一个处境很尴尬的时期,写诗的人恐怕比读诗的人都多,是诗人们都在挠痒痒般地自娱自乐?还是读者的审美水准在急剧下降?抑或是进入市场经济时代,人们把钱看得比不能吃喝的诗要紧得多?诗歌逐渐丧失了其在社会主流价值塑造上的地位,不能不让人感到心痛。

从思想传统方面而言,中国的诗歌,自从在孔子奠定了诗歌与礼乐教育的核心地位后,"诗乐教化"就成了中国文化中重要的审美艺术教养方式,这种方式特别注重精神和形式的统一。中国延续至今的儒家入世哲学,尤使诗歌成为重要的社会价值取向风向标。

一首诗,如果形式与内在的精神是分离的,即使堆砌了再多优美的辞藻,打造了再完美的格律,在形式上炮制了再多的突破,也很难走进人民群众的内心世界,更遑论流行了。

一首能在社会上引起广泛共鸣的诗歌,不仅仅要词韵和谐,意境优美,切合人民的审美取向,更要发扬中国知识分子历来贴近社会的优点,符合先进的社会价值观,引导形成良好的社会价值取向,如此,才能在人民群众中赢得普遍的价值认同感。

在这样的社会文化背景下,一首诗歌能不能赢得观众,赢得喝彩,很大程度上决定于诗歌的内在情感。

《送你一个长安》在陕西乃至中国社会的各个层面,都赢得了广泛的传唱和普遍认同,与作者对当代先进社会价值取向的准确把握不无关系。作者薛保勤毕业于西北大学中文系(现称文学院)。西大中文系名师如云,培养了许多大家,在中

古城飞歌
——一个耐人寻味的文化现象

国当代文学研究领域有很高的地位。薛保勤毕业后成为一名新闻工作者,多年来在采访一线,接触生活、思考生活,行万里路,读万卷书,胸怀天下,逐渐对社会主流价值形成了自己独有而准确的把握。

"如果一个民族充斥的都是地摊文学,那么这个民族是没有希望的民族;如果一个民族都写诗,那么这个民族则是有希望的民族。"在诗歌普遍式微的大背景下,作者薛保勤诗歌写作的社会意义便凸现了出来。

薛保勤的诗,尤以《送你一个长安》为典范,其中熔铸着深厚的思想内蕴,洋溢着慷慨的英雄气概,饱含着一种乐观向上、奋发有为的进取精神。同时,他也唱出了时代的最为和谐、包容、开放的音符,也给后世留下了一幅当代社会生活的画卷,是正值盛世的当代社会乐观向上、奋发进取的价值取向的准确反映。

进取精神是指人们因受时代情境感染而呈现的渴望进步的情绪,它既是自我选择的思想碰撞过程,也是追求进步,积极向上的思想孕育、萌动和生长的过程。根据美国著名心理学家阿特金森的成就动机理论,进取精神像一台马力强大的"发动机",是获得成功的一种内在驱动力。乐观、要强、奉献、不满足、有胆识都是进取品质的重要特点,它是人心理品质的重要组成部分,具有适应社会环境的人格特征。

进取精神在我国源远流长,并有着极其深厚的历史底蕴。

中华民族自古就以腾飞上进，刚健有力的"龙"作为自己的图腾来顶礼膜拜，其追求真理，自强不息的民族意识早已深入人心，成为后世人们不断进取的信念和精神支柱。纵观古今中外，每个民族在向鼎盛时期突进时，人们都满怀一种开拓进取、积极向上的精神，这种精神在当代得到了进一步的发扬光大。

经过全国人民前赴后继、顽强奋斗，今天，一个生机盎然的社会主义中国已经巍然屹立在世界东方，13亿中国人民正在中国特色社会主义伟大旗帜指引下，满怀信心地走向中华民族的伟大复兴。整个社会一扫清末东亚病夫的颓靡之风，精神面貌焕然一新，呈现出了一派生机盎然的盛世景象。当代人民的胸怀气魄、眼光和见识，都是过去任何时代所不可比拟的。

他们憧憬未来，他们勤劳创新，他们渴望实现不平凡的人生。

作者唱出了"长箭揽月，飞豹猎犬，借今古雄风直上九天"，这般俯仰

古城飞歌
—— 一个耐人寻味的文化现象

天地、意境空阔,情怀博大,气象万千的佳句,把当代陕西知识分子开阔的眼界和进取的精神明白无误地道了出来。

多年来,在党中央、国务院和中央军委领导下,在全国各族人民大力支持下,广大航天工作者奋力拼搏,推动我国载人航天事业取得了举世瞩目的辉煌成就。先后成功突破了载人天地往返、空间出舱活动、空间交会对接等一系列关键技术,顺利实现了从无人飞行到载人飞行、从一人一天到多人多天、从舱内实验到出舱活动、从单船飞行到组合体稳定运行等一次次重大跨越,使我国空间技术发展跨入国际先进行列。

国家政治和经济的开明昌盛,非凡成就的不断取得,是人民进取精神产生的直接原因。同时,由于新的时代理想不断改变着社会的审美情趣与风尚习俗,成为文学艺术沿革的内在动力。作为我国载人航天工程和先进战机制造的重要研究、实验、制造基地,陕西人民对于这一伟大的复兴工程的感触尤为深切,对这一伟大工程背后所代表的社会价值取向尤为认同。

实施载人航天工程,是中央立足世界科技革命迅猛发展的时代背景、着眼我国社会主义现代化建设全局,为推动我国科技进步和创新、提升我国综合国力作出的一项重大战略决策。载人航天工程不但培养造就了一支能够站在世界科技前沿、勇于开拓创新的高素质人才队伍,探索形成了大型工程建设现代化管理模式,更是培育铸就了特别能吃苦、特别能战斗、特别能攻关、特别能奉献的载人航天精神。

《送你一个长安》里描绘的这种航天精神,正是"长箭揽月"的信念,正是"借今古雄风直上九天"的志气。准确地把握了中华民族屹立于世界民族之林,为人类文明发展不断作出新的贡献的志气、信心与能力!

回首我国载人航天工程走过的不平凡历程,其中反映的社会价值取向尤为值得品味。我们坚持"科学技术是第一生产力"的思想,牢牢把握世界科技革命带来的机遇,着力提高自主创新能力,为实施载人航天工程赢得了战略主动。我们坚持推进改革创新,深化科技体制改革,建立健全科技决策机制和宏观协调机制,为实施载人航天工程注入了强大动力。我们坚持党的集中统一领导,发挥我国社会主义制度的政治优势,集中力量办大事,为实施载人航天工程凝聚了智慧和力量。

古城飞歌
——一个耐人寻味的文化现象

　　以国事为重,关心国计民生的风气,在其表现传播过程中会影响、改变着人们的心理定势,思想观念和行为方式,推动与促进了进步思想潮流的发展。因而,健康的文化意识现象对社会生活所发生的积极作用,也是进取精神得以兴盛和发展的另一重要因素。

　　《送你一个长安》弘扬了以爱国主义为核心的民族精神,引导社会主流价值以国家需要为最高需要、以人民利益为最高利益,刻苦攻关,奋勇登攀,为国家和民族的伟大复兴提供了强大的精神力量。当精神与形式构成内在和谐时,优美深邃的诗歌就具有了伟大的生命力。

《送你一个长安》还有着浓厚的人文关怀，诗中有不变的故乡和历史的远行，不变的求索和思辨的光辉。在回望历史的过程中，不仅仅是辉煌，也还有惨淡。历史从来都是由辉煌和惨淡构成的，虽然我们更多的习惯于回望它的辉煌，但对悲情的摩挲，对惨淡的凝视，对历史兴亡的思考从来不应被忽视，对于诗歌来说尤其如此。

"一城文化，半城神仙"，被人视为神来之笔，写下这样的句子，作者的内心必然淡定，早已从浮躁的都市中抽身，化蝶，翩跹在自然的境界中。

在山中任风云起伏，也可能是小隐，而能淡望都市之灯火，达到入定、光明之境才是大隐。也就是小隐隐于野、大隐隐于市的意思。

作者多次写作"禅"诗，不是消极避世，而是对生活对苦难的认知通透，泰然包容，这也是他历经人世坎坷之后的一种淡定，这更是一种人生智慧，无虚无空，坐在大宇宙之中，静观，轻抚，用爱和美护佑万物，用真和善涂染价值观念和精神底色。于一山一水中都有微笑，于一明一暗中都有蕴藏，继续着他诗情与灵魂的永恒的对话……

送你一个长安

蓝田先祖

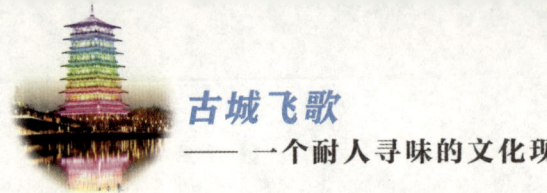

古城飞歌
—— 一个耐人寻味的文化现象

　　　　半坡炊烟

　　　　幽王烽火

　　　　天高云淡

　　　　沿一路厚重走向久远

　　诗人满怀机敏才思,"送你一个长安 还有祥云一片",这里有李白、杜甫;"一城文化,半城神仙",可谓神情、神韵、神气、精神合一,高度概括、高度洗练。这片诗歌的云板借今古雄风直上长天,鹤舞九霄。

　　社会在飞速发展,历史在不断进步,难免会遇到这样或者那样的问题。温家宝总理曾经说过,"只有与古为新,社会才能进步;只有开放兼容,国家才能富强。"立足当代,放眼历史,前车之鉴,后车之师。借鉴历史上正和反两方面的经验是我们中华民族一贯做法和宝贵经验,在当今社会快速发展和改革走向深化的历史时期有着及其重要的社会价值。

　　　　西风残照

　　　　皇家陵园

　　　　唐风汉韵

　　　　辉煌惨淡

　　　　留一份清醒审视昨天

以古为镜,可以见兴替。这"留一分清醒审视昨天"就是要重视对历史经验的比较研究。不论是盛唐还是强汉,后来终不免"辉煌惨淡",对历史上那些失败的教训如何警惕和避免,是每个读者都应当仔细思考的问题。

一个国家、一个民族,总要有一批心忧天下、勇于担当的人,总要有一批从容淡定、冷静思考的人,总要有一批刚直不阿、敢于直言的人。宋代理学大师朱熹在任福建漳州知府时,曾为创办的白云岩书院写过一副对联:"地位清高,日月每从肩上过;门厅开豁,江山常在掌中看。"这是千百年来中国仁人志士的崇高精神追求。

《送你一个长安》中作者所表达的情怀,无疑也有这样的境界与追求。而这正是我们当代社会的一股清正的新风,一种积极向上的力量,一种伟大的社会价值取向。

古城飞歌
——一个耐人寻味的文化现象

《送你一个长安》
之时代品质和文明坐标的双重意义

《送你一个长安》之所以被学者与市民、专家与大众一致奉为经典,被选为西安世园会的主题歌,很大程度上是因为它代表了我们这个时代的文化高度。这高度是艺术的、自我的,更是具有时代品质的。

文明的高度不是一次达到的。我们的文化从文字出现,有5000年历史。5000年的历史长河中,每个时代都有着标志性的文化形态。

流传下来的东西中,商周的青铜器、秦代兵马俑、汉代的玉、唐代的唐三彩、宋瓷宋画、元青花、明清官窑瓷器等等,无不在向我们默默诉说,告诉我们那时的文化曾经走到一个什么样的高度。逝者如斯夫,不舍昼夜。历史前进的脚步不会止步,我们能有多少东西留给后代呢?我们又有什么东西能让科技更为昌明的后代抬头仰望呢?只有我们自己创造的文化的高度。

享誉世界的 2011 西安世园会,是一场足以铭传后世的时代盛事。世园会上无数的先进技术代表了我们这个时代的科技水准,代表了我们这个时代人们的生存状态,代表了我们这个时代的三秦人民"天人长安·创意自然"的生存价值取向,更代表了我们这个时代三秦人民的文化水准与文明的高度。

若漫漫的时间长河是我们中华文明的横坐标的话,文化的高度就是我们文明谱系上当之无愧的纵轴。在这浩大的文明坐标谱上,沿着时间的横轴,我们看到了《诗经》,看到了《广陵散》,看到了唐宋诗词,看到了四大名著……将这些明星般耀眼的坐标点连结起来,就是一条中华文明不断发展的巨龙。这巨龙挺起了我们民族内心的文化脊梁,勾勒了我们中华文明所走过的道路,在混沌中为我们指明了文明发展的方向。今天,在物质的荒漠中迷失了的现代人,无疑更加需要这样指向文化绿洲的路标。这就是一个优秀的文化产品所具有的作为

古城飞歌
—— 一个耐人寻味的文化现象

文明坐标的历史意义。

《送你一个长安》之所以被学者与市民，专家与大众一致奉为经典，被选定为西安世园会的主题曲，很大程度上就是因为它代表了我们这个时代文化的高度，更引领了这一高度，成为了我们这个时代的文明坐标。《送你一个长安》的高度是艺术的高度，更是文化的高度，来自于作者对当代的时代品质的精准把握。

优美的文化构成了一个时代的品质，支撑起了那个时代的各种其他的美好。原本普通的文物因为上面所承载的那个时代的文化才被我们所珍视。先秦的青铜埋入了黄土，《诗经》的美好却传唱至今；烧制美丽瓷器的官窑工匠一定也曾被李白杜甫的诗歌所打动；淡雅而易碎的宋瓷不像清丽的宋词那样，每个人都可以免费地细细品味。

这就是一个优秀的、影响了一个时代的文化产品所具有的时代品质与文明坐标的双重意义。这样的文化产品以其所涵蕴的时代品质，支撑起了洋溢在那个时代各个角落的其他各种美好：不但是物质的，还有其他的衍生的文化形态，从而形成了一个文化的体系，共同支撑起那个时代文明坐标的高度。

时代的品质存在于每一个人的内心，美好的社会文化是每一个社会公民内心美好的流露。《送你一个长安》的作者多年来行走在三秦大地，默默地在心中聚拢凝炼着这些美好，在心中渐渐成形，最终通过诗歌流露出来：

送你一个长安，
一城文化，半城神仙，
古都花开，春满家园，
绘一片蓝天还有祥云一片。

在《送你一个长安》所描绘的世界里，古都西安的生活充

古城飞歌
—— 一个耐人寻味的文化现象

满了春天的美好与灵动，古都人民对自在的写意生活充满了热爱。这种对生活的热爱，对幸福生活的追求，正是我们时代品质的有机组成。

"春满家园"是诗人对古都西安城近年来飞速发展的具有生命张力的赞美，寄托着诗人对当代社会文化的真挚把握：西安成功申办2011世界园艺博览会；荣获"国家卫生城市"；荣获我国社会治安综合治理最高奖"长安杯"；入选"2009年中国最具软实力城市"；摘得全国"最具幸福感城市"的桂冠；更成为唯一一座荣获"政府满意度最佳"殊荣的城市；2010年2月被正式命名为"国家园林城市"；2010年7月荣获"中国最关爱民生的城市"称号；2010年9月被国家水利部授予"全国节水型社会建设示范市"称号；2010年10月，荣膺"中国国际形象最佳城市"。

古都西安，一座适宜居住城市，一座山水相宜的城市，一座满城文化的城市，一座永恒魅力的城市，是人们向往的家园。"古都花开,春满家园"的城市氛围里,在花的海洋里,西安城的人民徜徉其中,其乐陶陶;春天的希望带来了草长莺飞,春风拂面,把西安城装扮得更加漂亮,带来了春情春意的盎然,带来了人民脸上的笑容。

　　古都西安,文化市场日益繁荣,精品力作不断涌动,"一城文化,半城神仙"的说法,表现了古都西安人民在精品文化的熏陶下逐渐增长的幸福感。西安是一座能够让人们惬意地生活,富有安全感,而且心情愉快的城市,人民则以轻松快乐的心态,以文化人的精神内涵,尽情地去当一回神仙,城市也就变成了神仙的仙居。人们不求香烟缭绕,但求一方平安,作者的"半城神仙"是内心深处对西安人民性格的写照,对城市的这种"长治久安"的蕴意的认可,表现了城市时代品质的另

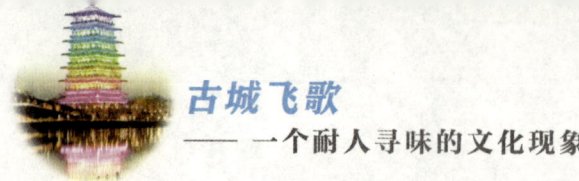

古城飞歌
——一个耐人寻味的文化现象

一个侧面。

《送你一个长安》中对历史文化的回望与对当代精神的提炼，记述着古都西安的变迁与发展。从"幽王烽火"到"华夏锦绣"，从"灞柳长歌"到"唐风汉韵"，诗中记述了古都西安人民历史长河中精神面貌的不断变化，也记述了不同时代品质的不断变化。延续到了今天，则是"长箭揽月，飞豹猎犬，借今古雄风直上九天"的豪迈，《送你一个长安》以这种方式诠释了古都西安大气与自信的美，拼搏向上的时代精神之美。

积极的时代品质来自于人们的内心，同样作用于人们的行动。一首契合时代的品质的诗歌，不仅仅要词韵和谐，意境优美，切合人民的审美取向，更要符合先进的社会价值观、引导形成良好的社会价值取向。"绘一片蓝天还有祥云一片"，《送你一个长安》中的这句描绘、引领了西安人民用理念的创新，用心中激发的满腔热情，积极投入到城市的生态、绿化、环卫、科技、教育、文化、经济等的建设中，积极投入到对城市古迹和历史名胜的保护中，当好一名市民，当好自豪的西安人。

今天的西安是一座飞翔的城市，蓝蓝的天，悠悠的云，宽宽的路，高高的树，暖暖的心，柔柔的风，新的时代气息和新的时代品质充盈着城市的心胸。西安的城市形象，"正是基于历史文化与现代文明的交相辉映，内秀和外秀的兼容并修、相互砥砺所升华出的独特魅力。"

就是在这样的、此时此刻的城市里,以饱含社情民意的真实笔触,凝炼了深厚的时代品质的《送你一个长安》在文明的坐标图上点下了重重的一点。一片蓝天和一片祥云的关怀,与秦汉的纯朴,唐宋的洒脱虽然不同,但同是文明的坐标谱系上有着同样高度的一颗文化明星。

最后,让我们看一看联合国教科文组织通过的《保护非物质文化遗产公约》中的定义:

"非物质文化遗产"指被各群体、团体、有时为个人所视为其文化遗产的各种实践、表演、表现形式、知识体系和技能及其有关的工具、实物、工艺品和文化场所。各个群体和团体随着其所处环境、与自然界的相互关系和历史条件的变化不断使这种代代相传的非物质文化遗产得到创新,同时使他们自己具有一种认同感和历史感,从而促进了文化多样性和激发人类的创造力。

《送你一个长安》所引领的创作风格,创作思想与文化内涵若假以传播,其所激发的三秦人民普遍的文化共鸣与价值认同若假以时日,相信不但会使之成为一种耐人寻味的文化现象,更会使之成为为我们全人类所共同保有的宝贵文化遗产。

后　记

　　《古城飞歌——一个耐人寻味的文化现象》一书，经过几多辛勤耕耘，现即将出版发行，我心中感慨万分，又欣喜万分！

　　"春风得意马蹄疾，一日看尽长安花。"

　　2011年4月28日，西安世界园艺博览会的盛大开园，把一个自然的、绿色的、时尚的、和谐的西安城展示给了世人，同时更把"天人长安·创意自然"的绿色理念留给了世界。一时间，长安塔、广运潭，花卉之美、建筑之奇进入了千家万户，传遍西北，传遍中国，走向了世界。

　　离家多年的弟弟，在地球另一端

的远方,闻知西安世园会开幕,亦专程赶回观看,对里面的园林建设、花草树木、山水相融、环保时尚、绿色象征的整体布局和整体风格赞叹不已。

西安世园会举办期间,徜徉花海林间水畔,我一直感觉——这是一个多维的璀璨世界。

一方面,游人们通过自己的视觉、嗅觉、触觉等,感受到了"绿色引领时尚"的美好境界;而作为世园会主题歌《送你一个长安》之不绝于缕的萦绕天际及其被广为传唱与传播,则更从听觉上,为游人们送去了立体的音乐美感和审美享受,更有"天人合一"的深厚的文化内涵和文化精神涵蕴其中。

编写这本《古城飞歌——一个耐人寻味的文化现象》一书,实出于偶然。2011年仲秋,世园会刚刚闭幕,一次会议间隙,西安出版社张军孝社长对我说,《送你一个长安》这首歌,在世园会和社会上引起了巨大的反响,并引发了耐人寻味的文化现象。能否就此编写一部书,对这一文化现象,加以记录、梳理与探讨。听后,我顿觉这是一件很有意义的事情,便欣然应承了下来。

为了写好这部书,做到群策群力,把"《送你一个长安》现象"的文化质地提升到一个高度,我相约了诸多朋友:戏剧评论家周国栋、青年教师陈卓、文化宣传工作者陈骊、我报社美术总监庞红梅等人,他们也都是这首诗歌及歌曲的

古城飞歌
——一个耐人寻味的文化现象

喜爱者;大家通力协作,经过几个月的努力,终于为此事划上了一个圆满的句号。

感谢薛保勤先生创作的《送你一个长安》,其间所包含的大情怀、大气魄、大文化的精神让我震撼!

感谢张军孝社长的首倡、指导、支持和帮助,使此书得以顺利完稿。

感谢文化艺术报同仁米领群、贾英、任萌、刘昭、侯亚莉、张媛、魏欣、邵鹏飞、李明睿诸君,他们搜集资料、查找图片,为此书的工作进展付出了辛勤劳动。

尤为感谢媒体界与学术界、文学界的诸多知名人士与朋友尤凌波、杨乐生、朱文杰、李小雨、骆沙、蔡萌、周媛、职茵、李福民、李欣、孙洪伟、叶峰等人所提供的参考资料,使此书在内容上得以丰实。

一本书的文化价值和社会价值,在于它的情感表达和词意表达,在于它所引领的文化精神风貌和文化气质取向,在于它所传递出的社会核心价值观,在于它为人民大众带来的物质之外的精神享受。对于《古城飞歌——一个耐人寻味的文化现象》一书,能否达到这个层次,还要等待众读者的检验。希望人们静静品读这本书,给心灵带去平和与自然。

"古城飞歌"书名,取自唐朝诗人韩翃的"春城无处不飞花,寒食东风御柳斜"诗句之意象。原诗作者描写中古时代长安城春天的景象。繁花茂盛绽放的时节,长安城里处处花絮纷飞,氤氲着浓郁的春天气息。西安世园会正是在春天启帷。以此切题,可谓随手拈来,巧妙合宜。

书中所谈之《送你一个长安》,或诗,或歌,亦或二者兼而有之,相融交织,不可分厘。读者可自留意之。

若 星

2012 年 5 月于古城城北

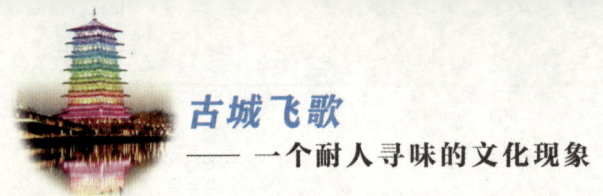

古城飞歌
—— 一个耐人寻味的文化现象

送你一个长安（英文版）

东海仙子 译

We Give You a Chang-an

We give you a Chang-an.

Cooking smoke at Ban-po tells the ancestor in Lan-tian

Clouds pale in sky high; Beacon fires on Mount. Lishan

shines on the end of a long history grand.

We give you a Chang-an.

With overwhelming army force at hand

Qin annexed the Six Kingdoms, Han spread beyond Guan-shan

A miniature restores the past happy and sad.

We give you a Chang-an.

Li Bai, Du Fu, and SiMa Qian's works are brilliant

displaying the beautiful and splendid motherland.

leaving some poetic views to nurture today's mind.

We give you a Chang-an.

The land fell into Beauty's hand.Bony Feiyan, chubby Yuhuan.

Willows at Bridge Ba recounts a tragic story sad

a thread of the love as a warning to girls and lads.

We give you a Chang-an.

Sunset in west wind, cementery of royal clan

The glorious Tang and the dismal Han

serves as a good reference for tomorrow's plan.

We give you a Chang-an.

A city of culture, half a fairy land

rocket to the Moon, hound and

condor to outer spaces with an inspiring power gallant.

We give you a Chang-an.

You can glance thousands of years back,

Taste Great Tang and cherish Chang-an

and a blessing and good luck we will add.

(据网络 供参考)

图书在版编目（CIP）数据

古城飞歌：一个耐人寻味的文化现象 / 若星主编
——西安：西安出版社，2012.5
ISBN 978-7-80712-908-0

Ⅰ．①古… Ⅱ．①若… Ⅲ．①薛保勤-诗歌研究 Ⅳ．①I207.22

中国版本图书馆 CIP 数据核字(2012)第 109096 号

古城飞歌——一个耐人寻味的文化现象

主　　编：若　星
出版发行：西安出版社
社　　址：西安市长安北路 56 号
电　　话：(029)85253740　85233741
邮政编码：710061
网　　址：www.xacbs.com
印　　刷：中煤地西安地图制印有限公司
开　　本：787mm×1092mm　1/16
印　　张：10.5
字　　数：100 千
版　　次：2012 年 6 月第 1 版
　　　　　2012 年 6 月第 1 次印刷
书　　号：ISBN 978-7-80712-908-0
定　　价：30.00 元

△ 本书如有缺页、误装，请寄回另换。